风雨兼程四十年

——我的翻译人生

袁忠伟·····················著

文汇出版社

风雨兼程四十年

书名题字：何高潮

袁忠伟

1944年生于浙江宁波，1962年考入上海外国语学院英语系英语专业。1966年毕业分配到水电部第11工程局，先后在大坝工地劳动锻炼、工程局中学教书13年。从1981年开始从事英语口、笔译工作，相继到过伊拉克、日本、法国、博茨瓦纳、尼泊尔等国担任翻译，执行国外劳务合作、承包工程的商务技术谈判和项目实施任务。1992年被能源部评为副译审。1996年因上海浦东改革开放需要引进技术人才而调回上海水利电力对外公司工作。2007年正式退休。

目录

序

忠于职守，功业至伟

刘慰曾

案头摆放着高中同窗袁忠伟侃侃而谈、举重若轻的回忆录。

1962年初秋，我与忠伟拿到大学录取通知书，迈出母校延安中学的校门，分别投入各自院校不同专业苦读，大学毕业后又逢"四个面向"，遂奔赴广阔天地。半个多世纪间我俩竟缘悭一面，再未相遇，这也使我在拜读忠伟的《风雨兼程四十年——我的翻译人生》时觉得特别的亲切和感奋。

翻开精巧而纯朴的章节，心里沉甸甸的，因为书稿再清晰不过地记载了作者40年波澜壮阔的翻译生涯：艰难困苦的工作境遇，精彩纷呈；跌宕起伏的心理历程，感人肺腑。真可谓：看似寻常最奇崛，成如容易却艰辛。这里奔腾着曾经桀骜不驯的黄河，三门峡大坝工地的摸爬滚打考验了作者的体力和心智，也夯实了他从事水电专业翻译工作的坚实基础；这里萦绕着浓郁的学习氛围，十载教书生涯的风生水起，不仅成就了作者名噪三门峡市的教学成就，也萌生了刻苦进修水电业务的远大理想；这里回荡着两伊战争的硝烟，作者在异国他乡出生入死、惊心动魄的经历，那本摩苏尔水坝建设有功人员的荣誉证书即是他爱岗敬业、为国争光的明证；这里轰鸣着阿联酋沙迦机场班机的颤抖声响，触类旁通的作者先后历经如是3次生死煎熬，更加坚定了自己居安思危的职业操守；这里充满着繁忙而细琐的默默奉献，作者因长年积劳成疾而摘除甲状腺囊肿，也因结识大夫而增加了人生阅历；这里的对外谈判偶尔也"却军于谈笑之际，折冲于樽俎之间"，为祖国争得了利益和尊严；这里凝聚着作者爱岗敬业、关心部属、廉洁自律的公仆情怀，他时时处处讲究"慎独"的职业操守，把国家利益摆在至高无上地位的信念，感人至深；这里也不乏爱才若渴的浦东人才交流中心，他们以博大的胸怀接纳了游子的归来，从而给主人公晚年的归宿画上了大团圆的完满句号。

读罢全书，掩卷沉思，呈现在读者面前的忠伟，既是精通业务、功绩卓著的翻译人才，又是领导有方、胸有全局的谈判专家。忠伟在阔别多年的老同学面前，则是一个"熟悉的陌生人"——那些挟五洲风云、腾四海波涛的丰功伟绩，我在感到"陌生"的同时又钦佩不已！而他那矢志不渝的嘉言懿行，又让我觉得很"熟悉"！因为当年在延安中学那个忠诚憨厚、刻苦攻读的袁忠伟的形象，宛如穿越时空的光焰，一下子鲜亮高大起来。他，几十年如一日，始终铭记母校老师给予的教诲，并将其作为激励自己奋发图强的精神力量。大约一个月前，不揣冒昧的我，为延安中学高中62届（4）班部分同学的微信朋友圈起了个网名"延安风范"，是时我心仪已久的楷模，正是最具"延安风范"的袁忠伟！

1959年我们进入延安中学就读，担任我们高一（4）班班主任兼英语教师的是教学有方、发音标准的朱蓉珍老师，忠伟那纯正的语音语调即源自朱老师的悉心调教。不久朱老师因产假休息，又换了另一位恩师顾之屏。顾老师别开生面的英语教学更给笃学不倦的忠伟提供了一个独特的展示平台，每次听写顾老师都让忠伟以英语课代表的身份站在讲台上，并且面对全班同学，在小黑板上同步听写。然后顾老师就在小黑板上当着全班同学的面改正忠伟的听写，并以此作为示范。这种日积月累的"过堂"考验，连顾老师都始料未及，竟然成就了忠伟英语成才的最初洗礼。后来，忠伟进入上海外国语学院深造并规避了"文革"的负面影响，大学毕业后他又深入基层，不放过任何机会勤学苦练，终于成为优秀的翻译人才。他曾经客串过前上海市市长汪道涵、前国家水利部部长钱正英等首长接见外宾时的翻译，其翻译水平令人折服。

1966年到2007年的漫漫40年间，忠伟从最基层的勤杂工做起，一直做到集翻译、管理、营销、开发于一身的多面手大拿。他长年辗转国内外水电工地，历经各大洲浩瀚水域，了解各国政治经济现状，深谙各地风土人情，为祖国的大坝水电事业赢得了财富和信誉，也为自己的本职工作赢得了名声和口碑，他的"翻译人生"也因此有了超越个人回忆录的不寻常的意义。忠伟这40年含辛茹苦，迎难而上，不断钻研新技术学习新知识，总是奋战在工程密集的大坝现场和难题麇集的谈判桌前，这才有了他的功成名就。究其原因，还是忠伟博学众长、不断进取的必然结果。

在结束这篇序言的时候，我不禁记起著名翻译家、书法家，前外交部长杨洁篪书写的"非尽百家之美，不能成一人之奇；非取法至高之境，不能开独造之域"这件著名条幅的命意来。我想，不管是志士仁人的进取之径，还是世间万物的进化之道，皆无出其右。而忠伟这本书给予我们的启迪，也正在于此。

丁酉年元宵节于云中古城姑聊斋

大学毕业前遇上文化大革命

壹 大学毕业遇文革

1966年6月，正当我们上海外国语学院英语系六六届约120名毕业生面临写论文的关键时刻，北大聂元梓的一张"炮打司令部"大字报顿时把我校卷入了这场"轰轰烈烈"的运动之中，从此，宁静的校园变得不再宁静了。写大字报批斗反动学术权威，每天都在大张旗鼓地进行着。以往备受尊敬的那些老教师、老教授在自称为"革命造反派"的威逼之下，跪爬在上外操场的跑道上，脸上、身上被洒满了墨水，真的是毫无尊严可讲了。

我的业务老师王彦存老先生顷刻之间变成了重庆渣滓洞里的美国翻译，他只能用一种无奈的眼光看着我们这些不曾对他动手的同学们。当时我心中五味杂陈，想着这些造反派怎么能对这些平日里给我们传授知识的老教授们下得去手呢？后来因系里分配我去管理英语系的大字报后，再也不去看这些触目惊心的场面了。

现在回想起来我是有点胆小怕事的，这种性格应该是秉承了我父亲的遗传因子。我老父亲一生胆小怕事，从不惹是生非，幸好他没有什么不良的历史，否则的话这场文化大革命对他来说将是致命的。然而，使我意想不到的是这种性格竟然会对我以后的生活起到了至关重要的作用！

后来被造反派称为保皇派的一些同学，大约有10

文化大革命在太仓农村（前排左一为本人）

班级全体同学（第三排右一为本人）

个人左右在唐凤楼同学（他就是后来电影阿诗玛扮演者杨丽坤的丈夫）组织下，干脆离开了学校，去太仓等农村宣传一些我们认为是正面的内容。另外，我和叶振强等4人从农村回来后一起打打桥牌，每周轮流由各家做东，远离学校武斗，过起了被称为"逍遥派"的日子。直到1968年4月，我们几位同学在淮海路"洁而精"川菜馆聚餐后便各奔前程了。

　　毕业分配造反派起到很关键的作用。原来上外的分配据说都是不错的，有的甚至是很好的单位，如外交部、经贸部等，因此在大家的头脑里都认为，若能分配到北京各部那是很幸运的，主要是工作地点和单位都比较理想。但是情况远不是如此，分配到北京各大部的等他们知道后却还有细方案，如有些同学到北京报到后，方知自己根本不可能留在北京，而是要去那些穷乡僻壤的地方。我被分配到水电部，但是却知道要去河南三门峡工程局报到。在我们那个年代，国家分配的工作是不能改变的，倘若你不服从分配，那么你将失去工作，再想要找到工作是非常困难的。当我得知自己分配到三门峡后赶快先查地图，发现地方虽然远，但交通还算方便，再说离我在河南郑州的大哥也比较近，也算有一个亲人陪伴，于是更毅然决然登上远去的征途。我挥手告别了亲人，告别了故乡，心里明白：我这一走，如要再回上海就不那么容易了！

贰 三年劳动三门峡

　　火车在三门峡车站停了下来，我拎了行李下车。

　　初到三门峡也没有人来接车，眼前一片冷清，顿时感到孤单和无奈，尤其当我看到对面山坡上，一片黄土地竟是连着的坟墓！随着初春丝丝寒意，我一阵颤抖，眼泪情不自禁地流了下来。

　　文化大革命期间，三门峡工

程局基本上也处于无政府状态，我到人事处报到后被临时安排在招待所。后来又分来了两位大学生，他们都是学中文的，总算有了可以谈话的人，就这样我度过了寂寞和孤单的一周时间。我们三人感到这样下去不行，于是再找人事处请他们安排，表示我们愿意下工地锻炼锻炼，因为我们很清楚，大学生在正式工作前还需要劳动锻炼一年，我们不想浪费这些时间。

很快安排就下来了，我们三位大学生被安排在基建大队，我分在钢筋班，另两位被分在木模班。在去往坝头（大坝所在地）的工程局专用火车上，工人们跟我们说："现在我们工人都没有什么活干，你们还来做什么？"在一段时间里确实也没有什么大的工程，只是一些在工地上修修补补、插插锚筋、修修风钻、除除锈斑等零星杂活，要么就是到大安（离坝头三公里的一个小镇）那边去翻修居民房屋。

后来终于来了一个大项目，为了解决大坝水库的泥沙排泄问题，水电部决定打开已被苏联专家用钢筋混凝土封死的大坝底孔。我记得我们钢筋二班主要是负责2#底孔开挖。这一年多的时间对我一个文弱书生来说的确是很辛苦的。08：00—16：00早班；16：00—24：00中班；00：00—08：00夜班（也称零点班）。零点班最辛苦，冬天再累再冷也要从热被窝里起来顶着风雪走山路、爬坡到大坝上班。底孔开挖，工作面（也叫掌子面）很小，两个人一组，突突突的风钻声在洞子里震耳欲聋，手背都被震得发麻，万一遇上卡钻，处理起来十分困难，掌子面小，角度不对，钻头根本无法取出，人几乎是躺在水里，用凿子一点一点抠出来。每班都有进度安排，决不允许个别班拖后腿而影响大队的计划。一个班头下来，雨衣雨鞋上全是水，我感到特别累。

就这样钻洞、装药爆破、出渣，腾出新的工作面再重复进行，历时一年多时间，二号洞终于被打通。由于长年累月的封堵，底孔闸门内外均被湿烂泥沙淤积，对于底孔闸门的吸附力是很大的，导致闸门很难开启。为了能打开闸门泄洪排沙，必须要把闸门提起来。于是钢筋班又分班在闸门内外先行清淤，大伙儿穿着雨衣雨裤长筒雨鞋，用压力水管冲涮闸门前的淤泥，弄得满脸满身都是反弹过来的泥水。为了开启底孔闸门，上面采用液压启闭机。另外，经过技术人员计算，还需要采用钢钩钩住闸门横梁和增加一台卷扬机以增加起吊能力。一时还不敢太过使力，因为烂淤泥把闸门糟都堵死了，克服起吊阻力是很困难的。于是工人想办法在闸门下面见缝插针地慢慢放进3台千斤顶，一点点往上顶，上面提升机均衡使力，千万不敢把闸门糟破坏了。经过几个班的努力，终于把底孔闸门开启，完成这样的任务真的是不容易啊！后来我陪同外宾重回大坝时，看到二号底孔泄洪排沙，心中的自豪感油然而生，因为当年我也为之付出了洪荒之力啊！

接下来又有不少水电项目使我有幸接触了绑扎钢筋、立模板、浇筑混凝土等技术工作。知道了什么叫元钢、螺纹钢、元宝钢；立模时的支撑点、预留保护层、混凝土搅拌震捣……就这样我初步涉及到了一些水电方面的知识。说也奇怪，从一开始到工地我并没有厌烦、害怕这项工作，相反不时还会想想用英语怎么来表达这些名词。慢慢地我也就积累了不少水电方面的英语词汇量，利用周日休息我便去新城上新华书店买了几本水电方面的书籍带回工地，平时有空就看看，一段时间下来自己感到有些长进。

为了进一步提高自己的水平，我开始向技术工人学习看图纸。每次在安装前，班长都会进行图纸技术交底，不管听懂听不懂，我也煞有介事地坐在那里认真听。应该说简单的钢筋安装图纸还是比较容易理解的。施工时慢慢地我能根据图纸要求，是几号钢筋，什么形状的钢筋需要安装在什么地方，都能做到心中有数了。

后来我听班长说，他很愿意教我们这些年轻的大学生，理解力强学得快，老工人虽没文化学起来比较吃力，但他们有丰富的工地施工经验，他希望我们彼此加强互补。老工人们非但施工经验丰富，而且腰粗膀圆，力气很大，一根φ40mm，长度有4—5m的螺纹筋一个人扛起来就走，他们经常一边走一边笑话我："你这个白面书生就是没力气，快点挺起胸别把腰扭了。"引得周围一片嬉笑。我觉得在这样的环境里干活真的不错，工人师傅们待人都是很真诚的。

在工地我和工人们住在一起，刚开始时一间屋里住四个人都是老工人，就我一个年轻人，所以打扫卫生等一切零星事务理应由我承担。我倒不是刻意要去接近工人师傅，环境就是这样，我们成天在一起，一段时间下来我确实发现工人师傅身上的长处，他们朴实忠厚、不虚伪，很好打交道。吃饭时他们经常把菜放在一起说说笑笑，在艰苦的环境里他们生活得很愉快。有时候我也会买两个菜和他们一起吃饭，这时候他们就会开玩笑说："这就对了，知识分子慢慢就改造好了。"我的副班长叫王永法，人虽然矮小，但懂技术，看图纸水平不错。他发现我还肯学，平时施工时就把我叫到身旁，看着图纸指着实物，手把手地教我，时间一长我自己都感到在施工、安装方面有了不小的进步。

看图纸有时候真的还是要小心的，当看平面图时，安装的钢筋是一条直线，但如果是剖面图，那么这根钢筋就是一个点，这时在图纸尤其是总图上是很不明显，容易被忽视的。假如在剖面图上还显示有其它结构需要安装钢筋，那么你一定要有个先后顺序的概念，千万不能把平面图上的这根钢筋遗忘，一旦把剖面和整体的结构全部完成之后，你这根平面直线钢筋安装起来就困难了，如果是元宝钢筋那你就根本不能安装了，有些结构已经焊接，你势必只能推倒重来，以致给工程带来很大的麻烦。

我是钢筋工，扎钢筋是基本功，一般来说用铅丝扎钢筋，用钢筋钩拧弯两圈半时，钢筋扎得是最牢的。拧不够，钢筋就扎得不牢；拧过了，铅丝则容易拧断。此外，钢筋工是重体力劳动，一根 $\phi 40\text{mm}$ 的螺纹筋，倘有 4—5m 长的话，那么重量起码几十斤，我们都是两个人抬的，一个班头干下来，人都累得快趴下了。我记得当时钢筋工每月有48.5斤粮食，当然那年头大部分都是粗粮，大米按比例只分配几斤细粮可以买米饭，那时我基本上能吃完一个月的定粮。

在当钢筋工的期间，我最害怕的一件事就是在高空作业时用电焊割除遗留在工地上的一些钢筋头，局部地区工程完工之后，为了保持整个施工区域环境美观，就必须把伸出建筑物的约30cm长的钢筋头去掉。割钢筋头的时候，一位老师傅用电焊烧钢筋头，我就在旁边用手抓住钢筋，因为烧断后不能让它掉下去，怕下面工地上有人被砸到后出事故。问题就在抓钢筋头时一定要用手紧紧抓牢，越是害怕，手就越易抓得不紧不松，电焊在打火时一阵电麻，感觉非常之难受。再说人离烧电焊处这么近，不时会被电焊光刺伤眼睛，晚上疼得直流眼泪。

那次，在大坝下游面割除原来施工时在大坝上留下的钢筋头时，有架子工在大坝面上搭起架子，我们就在架子上带着保险绳施工。有一回，正好遇上大坝有几孔开闸放水，黄河水从闸口奔腾而出并泛起浪花，我们在上面烧钢筋头，电焊光不时地发出一道道闪亮的白光，下面的工人都说这个场面很壮观。当时我按老师傅的话，带着电焊工的手套，大胆地用手紧紧抓住钢筋头，终于圆满地完成了施工任务。

钢筋和木模、浇筑都是有关联的，在立木模时一定要离最外层的钢筋约10cm的距离作为保护层，这样钢筋在混凝土里才能起到作用，可以承受一定的压力和冲击力。混凝土浇筑一定要搅拌、震捣，使它内部的砂子、水泥、碎石（要按一定的级配）能更均匀地拌合在一起，以免在凝固后产生麻面和孔洞，影响混凝土结构的外观和质量。立模时一定要找好受力木板和仓号的支撑点，不让它在浇筑混凝土时跑模，因为浇筑时的力量是很大的，一旦跑模就会给工程带来很大的困境。这些知识我都是慢慢积累的，也用到实际施工当中。有些时候班长实在来不及了，就叫我带上几个人去完成一些安装任务，有好几次班长叫我带领那些刚从北京水科院下放劳动的干部们，去大坝完成插锚筋和需要看图纸来实施一些简单的钢筋安装。刚开始他们还以为我是班里的工人师傅，后来才知道我和他们一样是臭老九，是来队里劳动锻炼的！

在北京水科院下放劳动的干部中有不少是南方人，如浙江宁波人和上海人，自然我们在异乡就会更亲热些。他们住在大安有时候过周日就会叫我去他们家玩，会烧一些好吃的南方菜说是替我改善生活。另外一个我很愿意接近他们的理由是这些干部全是水利方面的行家，在那样的环境里真是送上门来的老师，除了在大坝施工时有些不明白的地方请教他们外，还可以向他们借一些水电专业书籍，这样我们相处有一年多时间对我的帮助很大。后来，他们根据中央文件精神返回天津，结束了在三门峡大坝工地的下放劳动。从那以后，我再也没有碰到过他们，在我心里还是挺想念和他们在一起的这段日子。

三年来在工地的摸、打、滚、爬，总算换来了一些成果，我不仅能看懂一些水电方面的书，而且也能翻译一些水电方面的技术用语，至少我翻出来的东西基本上符合工地的一些实际情况。所有这些确实为我在以后从事水电专业方面的工作，初步打下了一些良好的基础。

叁 当了十年教书匠

　　1971年7—8月份，教育处由于编制扩大，缺少教师无法完成教学任务，才想起了还有三位大学生在坝头工地劳动。自己局里也好办，直接通知局办下调令，让我们在工地办好离队手续，一周之内到教育处报到。就这样我们三人回到了教育系统。

　　三门峡局中是一所企办学

校，当初办校主要是为了解决工程局职工子女的求学问题。局中英语教研组在我去之前基本上没有一个教师是学习英语出身的，而是学习俄语改行的，现在来了一位专门学英语，且又是上海外国语学院本科毕业的，故而在校内引起了一阵小小的议论……这些都是我后来听说的，真可谓小地方有小地方的好处。我上外毕业，若在上海，肯定显示不出什么，而到了一个小地方就不一样了，这也许就是通常说的"山中无老虎，猴子称大王"吧。

果不其然，没有几年我便成了局中英语教研组副组长，在大家要求下，由我负责教研组内教师的业务进修。先整语音，再学语法。每次活动都有一位老师主旨讲解：朗诵课文、分析内容、讲解重点语法、练习操作等，这样做的好处是使年级英语教学达到统一、规范。教研组里的老师们都很认真，轮到谁主讲，谁就会认真准备，用大字报的形式把备课内容写在纸上、张贴出来，给教研组其他老师讲课。后来这种英语课讲授法也被别的学校采用，并得到了校方的奖励，被评上了先进教研组。就这样慢慢地市里也知道了，三门峡教委特地安排各校英语教师来我校听课，记得当时最多时达到20个人，连教室过道都坐满了。经过了几年的教学，我已开始尝试在高中毕业班上实施用英语讲课，在同学们中引起了极大的兴趣，多讲过后学生也能理解、听懂。记得在教授"瞎子摸象"这篇文章时，局里还专门来课堂里摄像，并在当天晚上工程局内部的一档新闻节目里播放。虽说搞摄像算不上什么大事，但在上世纪70年代那会儿，还是有那么一点轰动效应的。慢慢地市教委认可了我的教学方法，任命我为三门峡市英语教研组组长，希望我对市里的英语教学发挥一些积极作用。同学们对老师还是很有感情的，我后来虽然多年不教书了，但是我第一批学生在91年开同学联谊会时还专门邀请我参加，我真的很感动！

三门峡黄河医院是我们工程局的一所综合性医院，在地方上是有点名气的。一些医生们，尤其是那些主治大夫和主任大夫，他们为了提高自己的业务水平，力求看懂一些国外书刊杂志资料，专门到学校找

一九九一年国庆节同窗学友联谊会合影

和平友好 合作发展
PEACE FRIENDSHIP COOPERATION AND DEVELOPMENT

一九九一年十月一日　于三门峡

1991年参加同学联谊会

我商量，希望我能抽时间给他们上英语课。为了不影响我的正常教学任务，他们提出每周一次，每次两小时即可。我请示学校领导后，校方同意并支持我去医院授课。后来我才听说学校之所以答应得如此爽快，主要是因为不想去得罪医院的一些大人物！

　　经过单位同意，我在外面授课是可以拿报酬的，但报酬可以说有也可以说没有。那时候我在医院讲课，一小时的报酬是0.8元人民币，一个月的讲课费用是6.4元—8.0元人民币，根本不像现在动辄好几百元一节课。但那时候我也根本没有考虑那么多，也不是说我思想有多么好，当时的大环境就是这样的，再说医院的大夫们想要学习，我有能力应该满足他们的要求。

　　为了讲好医院的课，我专门去买了一本医学英语语法书，因为他们提出主要想学习语法，能看得懂英语文章就行。我当时听了心里就很高兴，因为语法正是我的强项，从英语的时态、语态、动词的三个非谓语形式等几项语法，就足以给他们讲上半年时间。然而，医学是一门专业，一些英语单词都是很长，记起来很不容易。多亏当时我年纪轻，记忆力好，花些时间就记住了。上课时我基本做到不看备课本，两小时课上下来也很顺利。记得有一次为了上好一堂手术内容的课，我向他们的负责人提出要去现场看一下为病人手术的全过程。他们一开始有些顾虑，后来还是答应了。通过这次实际观察手术的全过程，我了解了外科手术的严密性和麻醉的一些常识及过程，受益匪浅。当天进行的是对病人实施胃切除，在主刀医生切除了胃的大半部分后开始缝合不久，我和陪同大夫就出来了，他对我说："一般我们不主张观看手术，因为有的观看者在手术过程中会昏晕过去的，我们很被动，你还不错，没有晕"。结合这次手术，那堂课我上得很顺利。

我给医院的大夫们上了大约有一年多时间的课。结束后，为了表示感谢，他们送了我一本北外编的《汉英词典》，台头上面写了"赠给袁忠伟老师"，落款是"黄河医院全体学员·一九七九年五月二十五日"，这本词典至今我仍珍藏、使用着。

学校在恢复高考后，基本上把我固定在毕业班的教学岗位上，原来学校在高考教学上是一片空白，我在教研组同事的帮助下，自己编写教材内容，对要求考外语专业的个别同学实行重点辅导，每次高考虽然录取人数很少，但报考外语的每次总有一位考上大学，录取的学校分别是广州外国语学院、西安外国语学院、洛阳军事外语学院以及一些外语专科学校。

在考上大学的学生中，有一位学生在当时我的头脑中印象很深刻。那是一位女同学名叫郭娴，当她决定要考外语后便一发不可收拾，不管上什么课她总是拿着一本英语书背记单词，害得好几位老师有意见，到我这里来告状。下课后她常到我办公室做题，我也给予重点辅导，就这样进步很大。后来她被录取到西安外国语学院日语系攻读，现在已定居海外，去年还专程到上海来探望我，师生见面那一刻，我心里确是有点成就感的。

从1971—1981年这十年的教书生涯中，我自己的业务进修始终没有放弃，水电业务学习我也始终坚持着。从上海到三门峡的第一天起，我就认定："路"都是自己走的，只要努力，等机会来了，就能成功。北宋状元宰相吕蒙正一篇《命运赋》中写道："马有千里之程，无骑不能自往；人有冲天之志，非运不能自通"，正说明了机遇的重要性。渐渐地，所谓"努力加机会等于成功"成了我一生的座右铭！

伊拉克钢管制作工地（右一为本人）

肆 开启人生新旅程

　　我努力工作了十多年后，终于在我人生的道路上遇到了转机，水电部对外公司因国外工程的需要，到工程局来物色英语翻译，为此局人事处长想到了我。他找我谈话时说："在伊拉克有一个水电工程，你愿不愿意去当翻译，家里有没有什么困难？"

伊拉克钢管制作工地

我想自己这么多年来埋头工作就是在等这一天啊，于是很爽快地说："我愿意，家里没有什么困难。"说家里的确没什么问题是因为其一，爱人已知道此事，人事处长先遇到她，已给她打了招呼，她也表示同意；其二，家里第二个孩子已经4岁了，应该比较好带了。就这样经局长批准，我成了伊拉克水电项目的翻译。这个项目的具体名称是伊拉克摩苏尔水坝工程土建与安装。金属结构是其中之一，工程量包括：四条$\phi 8m$压力钢管和一条$\phi 10m$的导流洞。具体合同谈判由水电部对外公司先期完成，我们就是执行合同，完成合同规定的各项任务。经过与对外公司人事处长谈话后，她要求我作为项目的先遣队与十一局另外一位工程师于1981年9月份提前进点前往伊拉克首都巴格达，为大部队进驻做准备。这是我接触的第一个国外水电工程项目，虽然具体执行这样大型水电工程对我来说是一个挑战，但是我已经有了三门峡3年大坝实践经历，心里并不感到胆怯，相反很踏实，既然如此，

宴请COSMOD 公司成员及家属

在德国人家里做客

我就要勇敢地面对现实去接受挑战。

　　启程的日子很快就来到了，这是我第一次乘坐飞机，难免有些忐忑，但心里暗暗告诫自己，人生新的旅程开始了，我要经得起各方面的考验，不辜负国家对我的培养、父母对我的期望，一定要争口气！谁知道这一飞，令我的生活再也没有消停过，一直奔波在国内外各个项目、各个城市之间，直到我调回上海才感到稍微好些，但这已是几十年后的事了。

1981年9月10日，第一次离开三门峡去伊拉克时，我们全家在车站分别的一幕至今萦绕在我的脑海中。当时我爱人抱着4岁的儿子，女儿跟在旁边，在火车启动的一刻她带着孩子一面追着火车，一面让儿子挥手和我告别，这种亲人间告别的滋味在我儿子幼小的心灵里留下了苦涩的记忆。他长大后有一次离家，我去火车站送他，他说："爸爸，火车开了你就回去，千万不要追火车。"我们彼此之间都知道这里包含着怎样的涵义。1983年我第二次重返伊拉克，我两个孩子就蹲在火车旁，姐弟俩互相低头抱着，旁边送我的一批朋友都看得心酸流泪，我更是难以控制自己，不再多说什么，也不敢多看就上了火车。这些分别的场景会时时刻刻提醒自己，不管我到天涯海角，我绝不能忘记国内有亲人们在期盼和等待！

第一站是瑞士首都伯尔尼，在中国驻瑞士大使馆招待所休整了两天，然后换机到约旦的首都安曼，再从安曼乘大巴过境到伊拉克首都巴格达。我们之所以会采用这条路线，是因为当时伊拉克正在进行两伊战争，走陆路比较安全。另外水电部把伊拉克的摩苏尔水坝项目交给中国水利电力对外公司来具体执行合同，而我们三门峡工程局正是受雇于对外公司。我们一到巴格达就马上着手联系摩苏尔水坝钢管项目的业主——德国和奥地利联营体（COSMOD公司）商讨具体进点事宜。

我们在摩苏尔一方面和COSMOD公司商谈劳务人员进点后住房和生活设施的安排，另一方面得抓紧时间在巴格达、摩苏尔等城市采购生活物资，除了德方为劳务人员提供按合同规定的活动房、电器、空调等基本生活设施和必需用品之外，其它一切均须我们自

在伊拉克工地宿舍

已准备。经过一个多月的筹备，已经大体具备了二十位第一批进点工人的生活所需和全队开工条件。1981年10月底，以我水电部11工程局（原三门峡工程局）

和COSMOD公司经理、孩子在一起

为主的摩苏尔钢管队正式进驻项目工地，开始了十分艰辛的劳务生涯。

工人们习惯了在国内当家做主，到了伊拉克一时很难适应国外的工作。在国内工厂里，工人们干活一段时间，坐下来休息是没有任何问题的，似乎还很理直气壮，然而在国外执行劳务合同时，是绝对行不通的，工作中既不允许你停下来稍事休息，而且这些德国工头还会从多个方位来监视你的一举一动，因此根本谈不上有什么自由。我是钢管队的翻译，不拿德国人工资，行动相对比较自由，但一直需要在工地各个点上去协调和解决现场的一切事务。伊拉克气候炎热，一般在太阳下自然温度就达到40至50摄氏度，可想而知工人们不多时就汗流浃背了。为德国人打扫营地的劳工们，虽然处于室内，但也必须把每一个角落打扫干净，尤其是厕所他们都是跪着、躺着，把厕所的每一个地方都打扫干净。在连续工作几个月后，倘若你能取得工头们的信任，那么在工地上的日子就会好过一些。我们钢管队有两位英语翻译，一位阿拉伯语翻译，劳务合同是由我们三门峡工程局执行的，所以我自然成了首席翻译，但我还是很注意和其他两位

伊拉克"阿里巴巴与40 大盗"景点

伊拉克"天方夜谭"景点

翻译搞好关系。照理说，在伊拉克阿拉伯语翻译是最直接的，但由于我队这位小蒋翻译还是一位学生来队锻炼的，没有一点工地经验，再说COSMOD公司老板也不懂阿拉伯语，所以都得用英语进行交流沟通，因此小蒋翻译只能做一些生活物资采购任务，我在工地上的翻译活儿势必更显繁忙了。

我们在伊拉克执行的劳务合同，中国工人根本不适应当时的工作环境，在国内主人当惯了，到国外要受外国人的气，他们在思想上压根儿没有准备。为了改变这种状况，让工人们减轻些压力，还有一个办法就是想方设法去搞好上层关系，适当时候走动走动，趁有关节日宴请COSMOD公司人员，如国庆节、春节等大节日，让有关工人在宴会上当服务员，拉近和他们的关系；三八妇女节时专门宴请老板和工头们的夫人和孩子，让她们也看到我们的诚意，回去后她们会主动帮我们做工作，起到了意想不到的效果。时间长了人总是有感情的，大约半年过后我们工人的日子就好过多了。

谁能想到，自己后来会从事水电工程方面的工作？现在我深切地感到，在三门峡工程局大坝上劳动锻炼3年的好处一下子显现出来了。想当初我刚开始接触土建工程，如钢筋、木模、混凝土、石方开挖及土方填筑等等，后来又参加了三门峡大坝改建工程——底孔开挖，这全部的经历和锻炼，确确实实为我打下了良好的基础。

在伊拉克摩苏尔工地经过一段时间下来后，我慢慢体会到在三门峡大坝上所做的一切是属于水电土建工程，是水电工程最最基础的东西，而在摩苏尔钢管制作和安装，则属于另外一个范畴——金属结构。这又给我提供了学习另外一个水电领域知识的好机会，从而使自己对于压力钢管制作加工整套程序有了全面的了解，包括：卷板、拼装、焊接（含手工焊和自动焊）、检测（含着色探伤、磁粉探伤、超声波、γ等射线检测法）、运输和洞内安装等全部工艺环节，这

伊拉克"胜利纪念碑"

不仅使自己的水电专业业务水平大大提高了一步，使
当时的谈判得以顺利进行，而且也为今后有关金属结
构项目的谈判，奠定了扎实的基础。

举一个简单的例子：焊接工艺是水电项目里必须和常见的，包括平焊、立焊、仰焊等焊接方法，其中仰焊难度最大。在保温箱里焊条和不经过保温的焊条焊接的质量是有区别的，一根焊条在什么形状的坡口焊缝里能焊接多少长度，自动焊车的电流、电压和速度控制都是很有讲究的。若是在焊接过程中，焊缝经过检测，出现裂缝、气孔和夹渣该如何处理等等……不料以上这些知识在回国一次项目招标中有不少竟会派上用场。对方以为我是外行，在一项材料（焊条）报价上大大超过了我们的预算，我明确告诉对方，你们用不了这么许多焊条，进而再把道理讲清楚之后，对方不得不降低了报价，为我们的项目节省了不少成本。

在伊拉克工地，我和德国人打了整整3年的交道。虽说我不拿德国人的工资，但是我每天必须保证8小时在工地现场的上班时间，因为工人和德国工头之间不可能不发生矛盾，我需要随时在现场解决问题。不管白班还是夜班，只要工地发生事情，德国人便第一时

伊拉克著名的大清真寺螺旋塔

间找翻译。例如，焊接上出现问题，他们就拿着探伤检测的片子发现有气孔、夹渣和裂缝等问题，给我对照片子一一指出并解释清楚，这时候我就会很虚心地求教学习，工人也在一旁听着，知道问题出在什么地方，德国人为什么不满意，接下来该如何处理等。久而久之，类似这样的问题，我在工地反反复复足足经历了3年时间，我自己发现掌握了不少工程技术方面的知识。后来我只要一看到工人焊接的焊缝或是他们在焊接时，焊条在V型坡口里运条走向、焊缝成型就能发现一些问题，做到提前和工人商量处理，免得事后发生更大的麻烦。因为一个工人在焊接质量上一再发生问题，警告后再犯是要被解雇的。

被解雇的事情在我们钢管队里没有发生过，也坚决不能让它发生。一旦工人遭到解雇，队里名誉受损不说，对他本人的损失也是很大的。他非但在这段时间里没有国内外的工资，而且还要承担来回的机票费用。一次，一位外局的工人由于在工地不听劝告，被好几个德国工头盯上，工头们抓住他在工作中的毛病并反映到COSMOD老板那里，老板决定解雇他并已经写好了解雇书。我听到后十分着急，分别找有关德国工头做工作，承认错误，最后找COSMOD的老板，向他保证这位工人不会再犯同样的错误。同时，说明这位工人是一名技师，岗位也比较重要，你们解雇他一时又没有人接替他的工作，从而影响工程的总进度，对你们也是个损失。如此这般费了九牛二虎之力，这位老板终于勉强同意不解雇这位工人，并当即把解雇书撕了扔进了纸篓里。我对他说："我想要这张被你撕了的解雇书，回去教育这位工人。"他笑了笑同意了。后来，我把解雇书重新拼好，复印并翻译后给这位工人看，在事实面前，这位工人认识到问题的严重性，坚决保证以后不再犯错了。

在伊拉克工地钢管生产过程中有一项工艺：卷板，即把从德国用载重平板车运来的钢板，先卷板成瓦片然后拼装，一小节钢管由3块瓦片组成，一大节钢管由3小节钢管焊接而成。这样一大节φ8m压力钢管就包括两条环缝和九条纵缝。这些环缝和纵缝都由自动焊来完成。焊接后由于受热的影响，钢管会发生一些变形，需要用烤枪在某些部位烤热后进行矫正。焊缝要经过探伤检测，关键T形接头处均需经过X-ray或γ射线检测。德国的自动焊车、焊丝的质量都是很好的，只要控制好焊车的电流、电压和速度，一般不会发生质量问题，而且焊接出来的焊缝真的很饱满，外观很漂亮。4条发电洞的压力钢管，要承受巨大的水压，如果压力钢管的焊缝出现问题，那对工程来说后果将十分严重。

在伊拉克摩苏尔金属结构的项目，从1981—1984年整整经历了三年时间，在这三年里我真的学到了不少知识，非但使自己的水电专业业务能力大大提高了一步，而且还不断提高了今后在国内外项目的管理水平和商务技术谈判水平。正因为有了以上的几年历练，在伊拉克的后期我们又和奥地利VOEST—

ALPINE公司谈判成功了两个小项目，每年为中水电公司增加了40多万美元的收入，使原来在伊拉克的劳务人员从50人增加到150人，为国家创造了大量外汇。

伊拉克是一个伊斯兰国家，当年在萨达姆的铁腕统治下，国家上下倒也显得井然有序，一些规矩是不得违反的，下面就是两个很好的例子：其一，我们中水电公司一位老资格的顾问一次因为穿马路违反了有关规定，被当地警察关在马路旁的岗亭里，我接到通知后立刻赶过去，交了罚款把他领了出来，他也感到很不好意思；其二，在伊拉克当时有一条很严的法律条款，如果发现小偷并且掌握证据，那他将被执行剁手的酷刑，所以一般你是不容易丢东西的。有一回，我们正在一个景点游览，一位同事把包忘在景点休息处，当我们再次赶去时已经很晚了，但包仍原封不动地放在那里。当时的伊拉克，由萨达姆掌控国家，经济繁荣、社会稳定，我在伊拉克许多名胜古迹处留下了身影。自美国武断地认为伊拉克有大规模杀伤性武器以来，悍然对伊拉克动武，给伊拉克人民带来了灭顶之灾，不知这些名胜古迹还能不能得以幸存？

在伊拉克三年时间里，有些事情还是蛮有意思、值得回忆和纪念的。伊拉克天气炎热、气候干燥，食品虽然比较丰富，但蔬菜供应却很匮乏，以致价格很贵，一颗很小的菜花就要40元人民币。为了改善伙食，我们自己开垦土地种蔬菜，同德国老板协商后竟然很快就同意了我们的方案，原来是他们可以坐享其成，得到很大好处，何乐而不为呢？我们的菜田成功之后，西红柿、茄子、黄瓜、各种豆类等收获颇丰。但再仔细想想，他们也应该有所得的。在筹备时，老板动用大吊车把大集装箱运到我们开发的菜田当住房，拉电线、装空调……也出了力、下了本的，他们理应分享成果，故而每周日他们会开着车，带上家属到菜田来采摘蔬菜。从那以后我们食堂里的蔬菜就丰富多了。不过第二茬菜就长得不怎么好，需要从国内不断带菜种籽来。

与友好的伊拉克青年合影

那次在伊拉克一个景点游览时，突然几位伊拉克青年走上前来，一定要求和我一起照相，在他们心目中，我们中国人是真心来帮助他们国家建设的。我听后心里感到很高兴，毫不犹豫地和他们合影留念。现在每当我看到这张照片时，马上能回想起当时的欢乐场景。时代在发展，那时的伊拉克青年比起以往，真的是要开放多了。

在伊拉克穆斯林居多，他们如果用烤全羊来招待你，那真是把你当做很尊贵的客人了。一天，一位朋友用烤全羊来宴请我们队长和我二人，一个长桌铺上白布，上面全是铮亮的银盘银杯，端上来的全羊还在吱吱吱地冒着油。因为我从来没有吃过羊肉，看到这阵架势确实有些害怕。他们告诉我，让你队长先吃一口羊舌头，然后大家就可以用手抓羊肉品尝了。我虽然害怕，但那天他们给我的倒是一些瘦肉，我蘸些盐和胡椒吃了些许羊肉，觉得还好，所以神态自若，没怎么失礼。

有一件事我怎么也想不到会发生在伊拉克。那天我去机场接人，由于种种原因，飞机晚点不到，最后取消，我在懊恼之时突然看到一个非常熟悉的身影，等他出关后我走上前去一看，这下可把我俩都惊得不轻，对方竟是我大学最要好的一位同学——叶振强，这种邂逅真是从天而降的机会！原来，他是从广外被借调来到摩苏尔一家糖厂当翻译的。今天，他居然没人来接他，后来听说是接他的人把航班时间搞错了，正好我可以用车把他送到目的地，这种上帝安排的巧遇令彼此都很珍惜。

　　在伊拉克的三年，头一年工人们是吃了德国工头们不少苦头的，为了发泄心中的怨恨，新年送贺卡时，他们先用中文把德国工头痛骂一顿，刚开始时把我吓了一跳，最后他们笑着祝贺这些德国工头"圣诞节快乐"。德国人听不懂中文但能听懂英文的圣诞节，还高兴地连连表示感谢，把我笑得肚子疼。第一年在伊拉克过年更是让人心酸，工人们一边喝酒一边

在伊拉克遇见好友叶振强

哭，想家啊！怎么劝也不行，有的甚至钻到床底下痛哭，目睹此情此景，心里真有一种难以名状的酸楚！

在我们涉及外事的工作中，有一个规矩叫不卑不亢，这是很重要的。有一次在工地，我们一位工人因不满队里送冰镇绿豆汤送晚了，就一脚把桶给踢翻了，这种明显失态的事情是绝对不允许发生的，因为队里还有个规定，即不许把中国人内部的事情暴露在外国人面前。经队部研究决定，停止了肇事者的工作。这位工人是自动焊工，他的德国人工头对他不错，知道此事后是又说情又施压，一定要我们让他马上复工。我明白这件事的重要性，就严正告知德国工头："你无权干涉我们中国人的内部事情，因为合同里没有这一条"。后来我们两人的"官司"打到了COSMOD经理部，他的老板赞同了我们做法，把他说了一通。第二天早上他到我的办公室又是握手，又是拥抱，承认自己错了。过了一天队里就让这位工人恢复上班了，因为在国外被停止工作那就没有一切津贴，几天下来对当事人来说，也是一笔不小的外汇损失。关键是要他吸取教训，同时也要告知德国人，我们中国人处事是讲原则、有底线的。

在工地上干活，需要时刻提醒自己不能马虎、不能麻痹大意。记得在三门峡大坝劳动期间，老工人一直教育我，到工地后各种情况都有可能发生，自己一定要做到眼观六路，心中有数。比如你到一个新工地，一定先要巡视四周，假如一旦发生什么突发情况，哪个方向是最好的逃生路径；一个工作环境，自己心里也要时刻提醒自己注意可能会发生的事情。老工人这番话，对我们这些初涉工地的晚辈来说真是再重要不过的了。一天，我在工地各个点上查看，以便解决工作点上可能发生的事情。当我来到加工维修车间时，看见一工人正在加工一个小零件，我走近看时这个加工的零件正好面对着我的身体，我感到如此正面面对，第一反应是不太舒服，便下意识地把身体侧了一下以避开加工零件的正方向。刚刚一步挪开，只听得"当"的一声，这加工零件飞了出去，打在铁皮大门上，把车间里的人都吓了一跳。德国工头急忙赶过来，拉住我们这位工人，一定要让他跪在我面前向我道歉！我赶紧制止，说这件事不怪他，但德国人认为是他违反了操作规程，否则加工零件是不会飞出去的。我一面关照工人要严格遵循加工规程，一边暗自庆幸总算没有发生意外，这是三门峡那位老工人的教育救了我，往后我在工地上就更加刻刻留意了。

但凡要回国的工人，那心里的高兴是溢于言表的，他们就在我们自己用水泥铺的篮球场上整理行装。那时国内热衷用泡沫塑料床垫，但是要用一根铁棍把它压实压小，才能打成包装行李。每到那时，全队上下都喜气洋洋、十分热闹。当然也有个别人，虽然一起帮忙整理行李，但看得出他们更加思念家乡、思念亲人。

伊拉克的3年是我翻译人生的起点，我以后所从事的水电专业的方方面面，都和这3年有着密切的联系，因此我很珍惜这3年光阴，不时会想起这段经历，因为它给我留下了难以磨灭的印象。1984年7月回国之前，COSMOD公司经理为我颁发了参加摩苏尔水坝建设有功人员"荣誉证书"；1984年3月29日，我经使馆党委批准，在异国他乡伊拉克加入了中国共产党。

尼泊尔库里卡尼二级电站咨询工程师来制作厂家审查图纸

伍 借调中水电公司

　　从伊拉克回国之后，中水电公司准备把我继续留在公司，但考虑到一时难以解决北京户口，就暂时把我借调到中水电上海分公司，因为上海有我父母的家，所以我也很乐意回上海工作。

　　当时，中水电公司在尼泊尔中了一个标——库里卡尼二级电站，这是一座梯级电站，中标项目恰恰是我在伊拉克干了3年的钢结构项目，因此该项目合同谈判、设计图纸审查、制造厂家审批、闸门、阀门及压力钢管制作等技术谈判，我都能应付自如。在宴请尼泊尔业主和日本咨询工程师的宴会上，尼泊尔业主还误以为我是去尼泊尔的项目工程师呐！日本咨询工程师是很难对付的，记得有一次谈判从晚上7点开始，一直谈到次日凌晨两点半。通过几天谈判，最后终于解决了压力钢管的制作规范和加工工艺，解决了合同的全部技术细节，签署了会谈纪要，圆满完成了谈判任务。

当时参加技术谈判的只有两个人，另一位是清华大学水利系教授杨樾老先生，他是一位很有学者风度的水利专家。我有幸和他共事了一段时间，他可以讲一些英语但如果要连贯表达有一定难度。我能讲英语但遇到专业性很强的陌生单词就有困难，这时候杨教授就会接上来，我们两人互相弥补，解决了懂技术的不能用英语表达的难题，走出了会英语的不知水电技

与杨樾教授（右四）一起陪同外宾参观工厂

术术语的困境。就这样我俩多次参加与外方的水电项目谈判，每一次都能默契配合，圆满完成技术谈判任务。我们相处大约有半年时间，后来杨教授因工作需要回清华教书去了，他对我的帮助使我难以忘怀。在北京我专程去清华看望过他一次，他陪我去参观了圆明园，后来我们就没有机会再见面了。

在上海谈判时，为了抓紧时间，公司办公室全体出动，甚至把铅印打字机等办公设备都搬到了宾馆，我们前面的谈判形成纪要后，马上送到后勤打字、油印，在这段时间我陪同客人到上海各景点游览，回来后客人就能看到谈判的相关文件，称赞我们工作效率高。

仿佛是上帝有意安排一样，在上海分公司工作期间，又遇上了中水电公司作为日本三井造船株式会社的分包，承揽巴基斯坦塔贝拉第三期扩建工程，这工程又是钢结构项目！中水电公司水电处考虑到我本人在这方面业务熟悉，且有一定的谈判能力，所以临时换人，急电把我从上海召回北京。

我到达北京以后，时间已经很紧迫了，我一个人除了要不断熟悉标书外，随即就开始着手投标书的第一卷"技术资料"文件全部中译英工作，这厚厚的一本报价文件翻译，确实倾注了我很大的心血。然后我作为中水电公司代表团成员之一，赴日本东京与三井公司进行合同谈判。这里我不得不说一个插曲，原来这项目是由中水电公司水电处的一位女翻译负责的，她负责追踪这个项目已有一年多时间，有可能领导上考虑到她在钢结构方面的谈判不如我有经验，就硬生生地把我从上海调来替换了她。听说她本人早已做好了赴日本的准备，而最后出国名单却换成了我。这让她真的很生气，见了我总是爱理不理的。我确实很理解、也很同情她，但无奈这是组织上的安排，我只能默默地在心里对她深表歉意了。

在日本三井公司谈判桌上还发生了这样一件事情：一次我方组长谈判时发表了一番意见后，照理我应该翻译了，但我觉得有些问题还可以进行商量，就没有直接翻，而是和组长讨论了几句。此时，日方一位谈判人员马上把脸沉了下来，告诉我马上翻译，并说你不过是一位译员，无权变动组长的发言内容。我听了后当即严肃地回复说："请你尊重我方讨论的权利，请你再看看我的名片，我的身份是项目经理，有权对项目提出意见。如果我方不尊重贵方，那么请贵方的课长出席，我认为你也是日方的一位翻译"。他听了以后立即不吱声了，以后再也没有发生类似的现象。其实这位仁兄不知道，我们中文翻译确实有规定，在必要时可以不直接翻译，不像他们，尤其是日本人，对上级始终唯唯诺诺，一边点头遵从、一边口称"哈伊！"

1985年9月6日到13日，在日本总共待了7天时间，除了紧张的谈判之外，我这位懂外语的翻译有了一次特殊的待遇。对方公司说只有一张游览票，可以去参观一些名胜：包括东京铁塔、明治神宫和皇宫花园等地，于是组长就直接把票给了我。

东京铁塔，虽说没有后来我在法国参观的埃菲尔铁塔有名，但我感觉东京铁塔也是很雄伟的，在观光层能把东京错落有致的建筑物和美丽的景色尽收眼底。旅游车上的导游小姐服务态度真的是好，一路上

参观日本三井公司工厂

始终面带微笑，讲解沿途的风光和名胜，丝毫没有发
生类似强制购物等不愉快的事情，最后分别时还和各
位旅客拍照留念。说实在，我们国内有些景点的导游

们，应该向人家好好学习才是。

我在上海分公司工作期间，先后拒任过翻译、经理助理和项目经理，逐步成为上海分公司对外商务和技术谈判的主要成员之一。例如：与加拿大SIMPLEX公司谈判上海"东湖"大楼承包工程；多次接待外宾进行业务洽谈；1984年11月2日接待比（利时）中友协副主席菲·达尔曼先生时，我为原上海市市长汪道涵担任翻译（我曾为此撰文，刊登在2010年12月28日新民晚报"夜光杯"版）；1985年1月12日接待刚果能源部长恩格·波罗时，为水电部部长钱正英担任翻译。在接待刚果能源部长时，休息期间是张季农副部长接待，专程陪同去上海著名景点豫园游览。因为我经常陪同外宾参观豫园，所以对豫园内外宾感兴趣的地方熟门熟路。听说刚果能源部长对工艺品感兴趣，我就带领宾主们来到"玛瑙工艺馆"，我们给部长挑选了一个具有中国民族风格的"狮子戏球"，部长一见工艺品晶莹剔透、流光溢彩，欣喜异常。说他回国后每当看到这件工艺品，就会想起在豫园的日子。

在我给钱正瑛部长当翻译时，还发生过一件给我教育很大的事，懂得了我们搞外事工作的人一定要有严格的时间观念。那次宾主双方谈判前，我去宾馆接到外宾后觉得时间还早，还故意提议让外宾看看我们上海市内、外滩等风景，外宾们也很乐意。在到达华东电管局谈判地点后，发现钱部长还没有到，我就赶快乘电梯下楼去接钱部长。当天钱部长是由时任华东电管局局长周祥根同志去接的。由于种种原因，周局长接晚了。当钱部长知道外宾已到时就很不满意，马上批评周局长说："我们当主人的迟到，你叫我进去后如何对外宾说？我们应该提前到达等候外宾才是。"我听了过后感触很大，从那以后凡是有外事活动，我一定会给自己在时间上留有余地，从来没有发生过迟到被动的局面。在借调上海分公司近两年期间，由于自己努力工作，给公司的领导和同事们留下了较好的印象，这为以后我调回上海工作，夯实了基础。

在日本东京与三井公司会谈情景（左边两人为日本公司成员）

　　1986年初，水电部第11工程局突然来人，找上海分公司洽谈要借调我回11局参加当时刚开始的和法国SB公司的联营谈判，为双方联合投标我国水口电站做准备。当分公司领导找我商量时，我们感到事情已经不好办了，哪有自己单位的人还要倒过来借调之事？分明是要我回去嘛，为了不使双方单位把事情弄僵，我主动找11局告诉他们，我决定回11局工作，这样我就结束了长达两年左右的借调，重又回到了三门峡。

在´1工程局接待法国客人

陆 涉外合作赴法国

　　1986年初，因工作需要我又回到原单位水电部第11工程局，马上投入了刚开始的和法国SB公司的联营谈判，为我国福建省水口电站的投标做准备。我除了往返于深圳、北京两地举行会谈外，还需要翻译有关水口电站的标书文件、技术资料等，其中包

在法国SB公司总部

括法国SB公司需要了解中国市场和国内有些和报价相关的整套资料，工作十分繁忙。这样从1986年初一直忙到6月份，都在做技术投标前的准备工作，包括了解项目、参加标前会议、现场考察、勘察进场公路、港口码头、物资供应等情况，为投标编写标书做了充分的准备。

1986年6月初，一切准备工作基本就绪，法国SB公司正式邀请我们访问法国，在法国SB公司总部共同编写标书。由于我们国内编标条件不如法国SB公司总部优越，再者投标日期很紧了，所以我们接受了邀请，并于1986年6月10日组成4人代表团启程赴法。

刚到法国SB公司总部，总要礼节性地参观和拜访公司总裁，通过见面交谈，我们知道SB公司想借水口电站的投标为契机，进而打入我们国家市场，因此信心满满的。

我们每天乘坐SB公司的班车上班，早餐在旅馆，中餐在SB公司，晚餐在中国餐馆"龙凤阁"，每天有一顿中餐落肚也就心满意足了。我们这次并非临时出差几天，而是要在法国起码呆上一个月，因为编标工作是比较复杂的。中午在SB公司大食堂里用餐，时间一长也不怎么习惯，没办法我们只能吃香蕉和蔬菜沙拉，或一勺鸡肉加其它品种的一些水果就当主食了。虽说中午在大食堂就餐，这不是我们中国人概念上的食堂。食堂先进，自动化程度高，就餐的人们都彬彬有礼，偌大的食堂听不到嘈杂声。法国人吃饭很规矩几乎听不到什么响声，餐毕后就用面包把盘里剩下的汤汁都清理干净。不是一个人这样，我环视一下四周，几乎他们的不锈钢盘里都没有吃剩、浪费的食物。然后他们把餐盘放在一条自动传送带上，我发现来到这边的餐盘、刀叉等等，都分别进入了洗涤消毒的容器。当时我就想：我们什么时候也能达到人家用餐时的文明水准啊？……晚上是中餐，虽然味道不正宗，但已实属不易了。每次饭后都会和这家饭店老板聊聊他来法国的经历，也是挺有意思的。我们在法国的一切费用全部由SB公司承担，我想将来一旦中标，这些费用将全部计入成本。当然只要他们来中国，自然也会得到同等的礼遇。

水口电站的中法双方商务谈判，基本在国内就已完成了，双方组成联营体，中方占51%股份，法方占49%股份，我们草签了一本厚厚的联营协议。在法国，我们主要把重点放在了技术谈判，主要有以下几个方面：全面回顾投标的工程量清单、施工方案、机械设备购置、根据水口地质条件如何使用爆破等关键技术问题、开挖出渣平衡表以及项目的替代方案等等。正因为我现在已经有6年的水电施工经验和两年的商务合同谈判经验，所以这次在法国的合同谈判对我已构不成威胁，否则的话是很难从容不迫地端坐在谈判席上的。

在紧张的编标过程中，法方的主人们适度给我们安排了游览项目，征求我们意见时，自然少不了法国的名胜，包括凯旋门、巴黎圣母院、罗浮宫等，他们也都答应了。参观期间他们还安排了几次法国大餐，如法国蜗牛，排场很大，但我吃来似乎也不过如此，嘴上还得称赞，以不辜负主人的一番心意。法国的一些主要景点我们都游览了，不过有一处地方倒是很特别，叫芳顿布鲁宫，此处是拿破仑和贵族们打猎休息的宫殿，别有一番滋味。

7月14日是法国国庆日，正好让我们赶上了，但是我们没有出去，因为旅店老板告知他们游行检阅队伍会从我们旅店（HOTEL REGINA）门口经过，然后进入香榭丽舍大街。我们四个房间都面对马路，临窗就一目了然，看得非常清楚。隆隆的坦克车队经过时连地面都震动了，十分壮观。游行大约持续了一个多小时，现在每当7月14日电视新闻上播放法国国庆日实况时，我就会想到当时曾亲历的情景。

在法国还有一件事值得一提，这也是我出国这么多次从来没有碰到过的。那天周日休息，我们一行4人来到法国著名的协和广场，正在欣赏周围风景时，突

74
风雨兼程四十年

陪同法国客人参观三门峡大坝

在法国"龙凤阁"中餐馆与饭店老板合影

然一群约20多岁的女青年围上来行乞，后来动作越来越靠近我们身体，手伸向我们上衣的口袋，我们马上反应过来是小偷.此时在不远处看到一位老太太朝我们这边大喊大叫，一面把一只大狗放了过来，这些行乞的女孩马上向四周逃窜作鸟兽散。那天我穿着便装，她们主要目标对准了我们的一位副总工，他穿着最整齐，幸亏钱带得不多，损失了几十法郎，旅馆和SB公司的门卡都被扔在地上，后来我们知道这些行乞的竟是吉普赛女郎，专门对准外来的游客实施抢窃，以后我们出门就倍加小心谨慎了。

在法国我们完成了所有投标书的编制工作，而且也全部装订成册，回国后就可上交业主了。在法国SB公司印刷装订的自动化程度也是很高的，一些程序全都由电脑控制。他们问我需要些什么，我和领导商量一下后说："招标文件的一般条款和特殊条款、中文版的投标文件及双方联营协议各8套。"对方把我方的要求输入电脑后没有多少时间成品就出来了，而且已是全部装订成册的了，真的先进！这也是我们为什么要来法国的原因，这要是在国内这些活肯定要忙上好几天，可能成品的质量还不如人家的好。说实话，对于这次巴黎之行的成果，我们并不抱有很大希望，而法国人真想一口吃成一个胖子，每项投标价格都有一定的保险系数，再加上有5%的不可预测费用，在国内竞争如此激烈，没有竞争力的标价最后肯定是要失败的，没想到此话不幸被我言中了。

1986年7月18日，我们结束了在法国巴黎的投标书编制任务启程回国，SB公司为了答谢我们在这次联营中所做的努力，请我们到香港去游览散心，在7月18—22日的短短几天时间里，我们吃过"珍宝海鲜坊"的山珍海味；登上66层的"和合中心"旋转餐厅观看香港夜景；还搭乘小船到海上品尝过活的大虾和大蟹的滋味。在香港的那几天可以说是我从事翻译工作以来最休闲、最舒服的日子，真正做到了彻底放松。回想以后的工作期间，就再也没有这样惬意的日子了。

　　回到国内以后不久，又与法国SB公司谈判讨论甘肃"引大入秦"工程和与法国杜美斯公司商谈天津大窑湾工程合作事宜，但遗憾的是基本上都没有什么结果。

在博茨瓦纳矿水部长办公室洽谈博卡坝项目

柒 博茨瓦纳非洲行

　　水电部第11工程局在1987年年底成立了对外工程公司。1988年2月，局长把我调往局对外公司任副经理，负责人事、财务、行政和涉外工作，这样我就彻底脱离了教育系统。

　　调到对外公司不久，我局和中水电公司又要合作对非洲博茨瓦纳博卡坝进行联合投标。在由中水电公司参加的一次局务会议上正式决定由我作为中水电公司的代表兼地区经理，于1983年4月只身赴博茨瓦纳首都哈博罗内，在投标前收集当地材料价格及一些重要的信息资料，通过电传和传真迅速发回国内，为局里编标做准备。所有这些工作，曾是水口电站投标前做过的事情，因此我头脑煞清有一本账，心里很明白到博茨瓦纳以后，该如何按部就班去开展工作。

我于4月15日离开三门峡赴北京做些出国前的准备工作。5月9日是启程的日子，我已进关准备登机时，孰料天公不作美，雷电大作，下起了暴雨，机场关闭，让我们重新出关等候下一次航班。虽然5月10日有航班，但是我以前衔接好的航班一能全部作废，这样5月10日到达埃塞俄比亚后，要到5月14日才能有航班。所幸的是当时在埃塞俄比亚不存在签证问题，我可以出关到旅馆休息，趁机在埃塞俄比亚旅游几天。没想到下一站就惨了，5月14日到达津巴布韦首都哈拉雷后，航班依然接不上，这个英联邦国家签证制度很

拜会驻博茨瓦纳使馆经参处张维真参赞

严，我打电话和我国使馆联系，恰逢休息日，使馆没有领导，一位小青年给我拿了一床毯子以示关心。好在我语言上没有什么问题，津巴布韦是讲英语国家，和海关人员讲讲话闲聊聊，时间不知不觉过得还快些。但每天吃饭是要进关的，因为我没有签证，就有边防警员陪同进关，别人看了貌似"押犯人"一般。几顿饭菜倒是可以的，我感到津巴布韦的奶酪真香，是我吃到过的奶酪中最好的一种。在哈拉雷机场海关过了两个晚上，才于第三天上午转机飞抵博茨瓦纳。

这里顺便插一件事情，有时候语言没有问题，但国际旅行的经验不足也是很被动的。在埃塞俄比亚的首都亚的斯亚贝巴国际机场，我看见一个中国代表团一位女翻译正在移民窗口和埃方海关官员交涉事情，因我已进关，也就没有多管闲事。后来在市里竟发现我们住同一个宾馆，我问清了事由，主要是他们不放心自己的护照被收掉，故坚持要回护照，但每人按规定须缴纳20美元，如此一来，他们这个10人代表团共交了200美元。我告诉她，你把护照给海关后，他会给你一个通行证，下次来乘飞机进关时还是在这个关口，换回你们的护照，你们白白浪费了200美元。对方得知后懊恼不已。此事对我们学外语的人来说，一定要多学点各方面的知识，才能在境外游刃有余哦！

到达博茨瓦纳以后，我起先是住在经参处招待所的，但觉得不太方便，后来与参赞协商后，换住在下面的铁路项目组，感到比较自由，而且用车也方便些。紧接着我就开始着手进行市场调研，包括工程的主、辅材料，以及工程所需的特殊施工机械设备等，同时查阅、翻译了一些文件资料，全面了解博国的情况，并分门别类地整理好，用传真发回三门峡工程局，为他们编标提供必备的基础资料。后来局里回复，以后编标所需资料直接传真至中水电公司，因为那里已专门成立了一个投标小组着手编制标书。除了这些基础工作，我还抓紧时间先后拜会了咨询单位、业主水利局等领导层的有关人员，去矿水部长官邸拜访了部长夫人，这位夫人曾访问过中国，和我们公司的关系还不错。通过这一系列外事活动的确起到了作用。5月24日我正在驻地整理资料，准备传真国内时，突然接到使馆通知，博国矿水部长要接见我，我马上赶到部长办公室。此次会见中，部长告诉我一个令人沮丧的消息——在已经投标通过的资格预审名单中，好像没有我们中水电公司参与，而且资格预审的期限已过。这是一个很棘手的问题，我恳请部长一定从中协调斡旋，帮助我们中水电公司通过资审。没几天公司来电确认中水电公司没有参与资审，并通知我如若实在不行可以回国。这算怎么回事，刚到不久就要回国，"寻开心"啊？在与使馆经参处协商后，我决定暂不回国，继续努力去打通关系，争取挤进已通过的资审名单中去。

我在博国水利局工程师CALLY等人的帮助下，拜访了BCC银行总经理，以及水利局掌控该项目实权的相关人物，当然矿水部长从中起到了相当关键的作用。这样一直到8月2日，我终于接到通知，水利局项目总经理告知我：中水电公司已通过资审，可以到他那里购买标书。此时此刻，真可谓有一种绝地逢生、力挽狂澜的感觉，顿时前景一片光明。我立马赶往水利局购买标书用快递寄回国内公司。

通过资审后，原来18家名单里增加了我们中水电公司变成了19家，并刊登在博国一家报纸上。外国公司不知道中水电公司是何方神圣，他们不明白为什么已结束的资审还可以再增加一个公司？确实，资审是一件大事，没有通过资审就不能参加投标，现在我可以把精力全放在下一步工作上了。

经历前阶段的折腾，我认识了水利局的CALLY工程师和他的一位朋友，几次接触下来我知道他喜欢打桥牌，正好利用休息时间在他家里玩玩桥牌，而且巧的是他的夫人也是桥牌好手，这样我和他的朋友以及他夫妇两人就是一桌很好的桥牌搭子。CALLY家养着4条大狼狗，第一次去他家时，一进门4条狼狗就窜了出来，差一点没把我吓趴在地，只听得一声口哨，4条狼狗一下子都撤了回去，给我解了围。后来只要知道我要去他们家，就早早把狗关了起来。鉴于我同他家建立了如此良好的关系，他在后面一件关键事情上，真是帮了我的大忙。

在国外工作，收集各方面的情报至关重要，我通过努力搞到了我们标书的一个已完成的类似工程哈博罗内水坝中标公司报价及咨询工程师的评标意见等。我们这次工程的名称是博卡水坝，工程规模比哈博罗内水坝工程大得多，可比性很强。后来我从多种渠道了解到有一份博卡坝"可行性报告及初设图纸"和英国咨询公司关于博卡坝的最终报告，内有该工程的成本分析。这对我们公司来说用于编标实在是太重要了！于是我就和CALLY工程师商量，如何才能搞到这些资料？他答应我一定会想办法。过了大约一星期左右，他居然真的搞到了我想要的资料，而且我们一起利用休息时间把全套资料复印下来，然后我就把这些重要资料马上委托回国人员带回公司，这比快递还快，我想这对我们公司编标是绝对具有参考价值和指导意义的。我还给公司传递了这里几家有实力的公司情况，其中有一家意大利公司，他们为了进入博茨瓦纳的市场不惜会做出低标价。但我最后给公司的意见是，按博卡坝可行性报告中的成本分析里最终价格略低一些，应该是很有竞争力的。在正式投标的前两天，工程局领导陪同中水电公司一位副处长来博茨瓦纳正式参加投标，刚下飞机就对我说："袁忠伟，对不起，公司没有按你的意见办。而且比成本分析的最终价格还高出不少，考虑到投标前期已花的费用，这个标也不能太低了"。我听了之后还能说什么呢？

那天开标以后，意大利是第一标，我们是第二标，因为价格已超过议标的范围就直接被淘汰了。如果按我当时的意见所做的报价正好可以与意大利公司一起进入议标的范围PK一下，届时究竟谁能中标还是可以竞争的！现在只能打道回府了。当然，张副处长代表公司和11局对我在博茨瓦纳半年多来的工作还是给予肯定的，我当时也就听听算了，因为我心里一直惦记着这个标，实在有些可惜啊！

离开博茨瓦纳之后，有一件事我至今后悔不已，当时因忙于工作没有太多时间，我一直想去南非好望角，看看大西洋和印度洋交汇的壮观。去南非好望角，如公司不给我报销路费，我自己也花不了多少机票费用，毕竟已经很近了。每次项目有人来，回去的时候我总是设法给他们购买南非的机票转机，让他到南非看看，虽然给一些大国封杀，但人家生活过得很富裕。我失去了这次机会，今后就再也不可能有下一次了。

11月22日，中水电公司派王禹同志来博茨瓦纳替换我继续留在博国为管道工程的标做准备，我们花一整天的时间交接工作。离开前我宴请了使馆经参处和铁路项目组，感谢他们对我在博茨瓦纳的帮助和支持。12月1日我从英国盖特克机场启程返国，正式结束了为期7个月的非洲博茨瓦纳之行。

我于11月26日启程离开博茨瓦纳取道英国回国，在英国停留了5天，分别游览了大英博物馆、议会大厦、WESTMINSTER教堂等，并沿着泰晤士河岸一直步行到塔桥。

参观大英博物馆

　　刚到英国地生人不熟，阴差阳错的我，居然上了一辆黑车。我到英国伦敦之前已订好旅馆，也了解到从机场到旅馆的距离和出租车的价格。在机场有一辆出租车开过来，司机很热情地下车帮我拿行李。我一开始还认为英国出租车的服务态度好，没有多考虑就上了车。下车后一问价格我知道上当了，几个英镑的路程他竟然要我35英镑。我没同意，并告诉他："我知道从机场到旅馆的距离和价格，你如坚持我马上找police！"他一听到我能讲英语，态度马上软了不少，最后我给了他15英镑，他说没有发票，也不会写收据，我也只好算了。以后我知道了在伦敦只能坐型号统一的黑色出租车，其他的车难免会是黑车。

刚到达英国的第二天，我就去了大英博物馆和海德公园。大英博物馆内部看上去真是气势恢宏，大得难以想象。因时间有限我只能重点参观了瓷器馆。当看到那些晶莹得夺人眼球的青花瓷器，我心知肚明，这些宝贝肯定买自中国，便故意问讲解员这些瓷器的原产地，她只笼统地告知是来自东方，我接着对她说应该来自中国吧！很显然是当初八国联军入侵中国时，从圆明园等处掠夺去的。后来她借故离开了，我心想这些宝物以后是否还能回到自己的国家呢？在大英博物馆我还想去看看

英国伦敦塔桥前

马克思当年坐过的地方，就是那个被他一直用脚摩擦后留有脚印的地方，但当我问及后得到的回答是否定的。讲解员说："马克思在大英图书馆里没有固定的位置，所以不会有留下摩擦的脚印。"但不管怎么说，他是一位了不起的伟人，他的理论竟会对我们中国产生了如此重大的影响，足见他坐在这里写出来的文章是多么伟大。在海德公园，我特地去寻找当年的自由论坛及个人发表演说的地方。我想我们学习英语的都应该知道这些历史和这些著名的地方。

到伦敦的第3天，天气还比较好，我用过典型的英式早餐后，便出门来到泰晤士河旁，并沿着河岸一直散步走到伦敦塔桥，途径英国议会大厦、大本钟。在伦敦市中心，我一路散步总感到似乎回到了上海的外滩一样，尤其是泰晤士河边的建筑物实在太熟悉了。上海外滩在旧社会时是英租界，沿黄浦江很多建筑物都是按英国风格建造的，所以今天我走在泰晤士河沿岸，就有一种回家的感觉，心情很是舒畅。

在去往英国的途中，还发生了一件至今让我回想起来感到惊心动魄的事情！在飞往伦敦的途中要先停靠阿联酋的沙迦机场，然后再转飞伦敦，快到沙迦机场进入跑道时，飞机突然颤抖起来，震动得竟让人都不能自已，两边行李架上的行李都掉了下来。因为已接近跑道，仿佛感到飞机还是被控制下来了。后来得知是机上一根排气管出现破裂所致，这事要是早发生几分钟，那后果就不堪设想了。我们在沙迦机场大概停留了约3个小时，航空公司紧急处理完事故，让我们重新登机后，大家依然心有余悸、惊魂未定。多亏上苍的眷顾，才保佑了机上全体旅客得以安然无恙！

从博茨瓦纳回国后没过几天，我就去公司财务报销国外的费用。这次我单身去博茨瓦纳，公司领导批准财务部给我带有一本美元支票（即兑即付）和3万美元现金。那时候我倒也没有什么压力，就这样放在手提包里出发了。我在国外养成了一个习惯，现金支付后当天就记账，后来使用美元支票时，在留存副页上写明了用途和日期。俗话说："好记性不如烂笔头"，这样对我日后回国报销就方便多了。在公司财务那边，我只花了3天时间就完成了报销任务，结果我还要给财务十几个美元。公司财务告诉我，在报销问题上不少临时出国一个月左右的人回来报销，往往报上一个多星期也完不了，因为始终对不上账。这方面我感到自己还是颇有经验的。后来在尼泊尔经理部我亦复如此，就是在没办法的情况下需要打白条时，我也得写明情况，除财务外还得有证明人。我离职后，11局去尼泊尔审计也没有发现任何问题，这是后来有人告诉我的。在公司报销之后曾有同事跟我开玩笑说："袁忠伟，你语言没问题，当时又有那么多钱，为什么不走？自己在国外开公司多好！"正因为我胆小怕事的个性，使我从来不敢去想犯浑越轨的事情，这才确保了自己和家庭，及孩子们一生平安！

在赴非洲博茨瓦纳之前，我已检查出患有甲状腺结节，医生说现在还比较小，观察一段时间再说。在博茨瓦纳有7个月的时间，工作比较劳累，我发现右边结节已长大不少，回国后就去三门峡黄河医院检查，大夫劝我动手术摘除囊肿。外科医生好多是我的学生，知道我要住院手术，他们就给我忙前忙后地安

英国伦敦市中心丘吉尔铜像

排，主刀大夫和他的副手都是我派往尼泊尔工地的医生，他们都做过好几百例同样病例的手术。手术是很成功的，直到现在快三十年了，甲状腺和刀口等各方面情况都良好。甲状腺囊肿手术后，我又马不停蹄地开始忙活尼泊尔巴格曼蒂工程项目了。

考察葛洲坝工程局

捌 承包再去尼泊尔

　　从博茨瓦纳回国以后，正值我局和河南省国际经济技术合作公司（简称河南公司）共同对尼泊尔巴格曼蒂工程项目进行联合投标，经过半年多的努力，该项目终于中标。这个项目是以河南公司的名义对外执行合同，我局需要向河南公司缴纳一定百分比（合同总额）的款项作为牌子

陪业主考察葛洲坝工程局水运条件

费，并承担全部风险。

　　1989年8月，尼泊尔业主和加拿大咨询工程师来华审查合同执行情况及全部设计图纸，我全程陪同并承担了技术谈判和文件资料的翻译任务。这些工作完

局长与巴格曼蒂全体项目组成员合影

成之后，我们马上要落实国内制造厂家。当时全国有
十几家厂家想接该合同的产品制作任务，为了慎重起
见，我们通过了解选定了5家，然后逐一对这5家公司
进行考察，其中包括江南造船厂、上海水工厂、葛洲

1992年陪司李副局长第一次赴尼泊尔工地

坝工程局等。最后我们4人审查小组一致同意葛洲坝工
程局为尼泊尔巴格曼蒂工程项目的制造厂家。当然这
仅仅是第一步，接下来就请厂家派代表来三门峡进行
商务谈判，希望他们能报出一个合理的合同价格。但

尼泊尔巴格曼蒂工程签字仪式

结果完全出乎我们的意料，价格实在太高了。

为了节省谈判时间，我就给他们做了价格的组成分析：直接费应该包括施工机械费、永久设备费、材料费及人工费；间接费应该包括保函、保险、税金、

管理费、利息、不可预见费、利润等。把每一项确定
之后，就能看出他们的报价是否合理。因为从单价构
成就一目了然了。除了我在前文提及的材料费高了之
外，其它各项就算给他们一定的宽泛度，按列项的全

和尼泊尔小朋友们在一起

部兑现之后，他们的合同总价还多出40多万元没有着落，我问他们还有什么漏项的，你们可以补上，我都认账。我对他们说，按我们的列项，我已经有一定的宽松，再加上你们的利润和不可预见费，应该有不错

和项目组成员在一起

的项目效益，最后他们不得不把标价降了下来。考虑到他们确实也增加了一些合理项目，另外说实在的，我从我们公司的利益出发，有些项目上计算得也比较紧了一些，因此最终同意葛洲坝工程局总合同价降低

20万元，这也为我们自己省下了20万元项目成本。

确定了制造厂家后，我们即刻通知业主和咨询工程师来厂家考察和确认，葛洲坝工程局也得到了他们的认可。产品制作过程中我们监造也是很辛苦的，我和项目组工程师基本上是住在厂家，因为要把控进度与质量，这一年365天里，我在自己小家的时间总共才20多天。为了加快制作进度，我把谈判中扣下来的钱拿出一部分作为赶进度的奖金，发挥了很好的激励效应。

为了尼泊尔巴格曼蒂工程，我有一次决定采用陆路运输，发往尼泊尔加德满都一批项目物资。记得当时没有赶上海运船期，为了早日把物资运往工地，我和当时负责发运尼泊尔物资的乙方单位上海水利电力对外公司商量，可否走一次陆运？他们同意了。记得当时负责押送物资的是一位女同志叫朱素莲，后来她把运输情况向我汇报时，真把我吓出了一身冷汗——在西藏境内一处环山公路，由于我们运输车辆的车身有些长，在山路转弯时右边车轮几乎要悬空在山路外，他们当时在现场也讨论过要不要放弃这次陆路运输返回上海，后来还是决定斗胆冒险通过这次山路关口！他们尽量沿着山路内侧，让司机们沉着应对，在转弯时牢牢把稳方向盘，卡车前后都有人指挥。后来他们

巴格曼蒂拦河闸工程

看到右侧车轮还有一小部分在公路上时就慢慢地终于
把车开了过去，大家长长地吐了一口气。从这次冒险
陆路运输后，我再也不采用陆路来运送物资了，要是
那次陆运几大车的物资发生意外的话，那我真的无法

机架桥最后一跨钢桥准备起吊

向尼泊尔巴格曼蒂工程项目交待了。

厂家制作的产品包括闸门、机架桥、启闭机等大部分金属结构产品，完成了一批就抓紧发运一批到尼泊尔，从国外反馈的消息称，产品加工质量不错，金

施工中的机架桥和中控室（后因洪灾而坍塌）

属结构产品业主基本上免检！我听了以后一直悬着的
那颗心终于放了下来。随后我向局长汇报了整个项目
的进展概况，局长指示让我陪同他出国去尼泊尔，到
工地仔细察看项目进展的具体情况。

1993年3月，我陪同11局段子印局长取道新加坡赴尼。抵达尼泊尔首都加德满都之后休息一天，第二天就坐我们项目上的车赴巴格曼蒂工地，途中我们看到喜马拉雅山白皑皑的雪山，但是道路实在不太好走，需要翻过三座山，转好几百个弯子，整个路程耗

身后面的工人宿舍在洪灾中夷为平地，右边的战友不幸遇难

费了两、三个小时，到达工地后稍事休息就先到工地看项目完成的实际情况。发现按照施工进度的要求来看，已经拖后了，局长连续给项目组开了好几天的会，想尽一切办法来解决问题，使工地的实际施工进度能符合标书的要求。

在一次会上，局长突然对大家说："根据工程需要，而且袁忠伟已经完成国内的工作，这次他就留在工地，代表我来执行监督工程的实施。"这样我原来是临时出国，局长一句话马上变成了长期出国。事后局长还问我有意见吗？这就是当领导的样子，你拍板定了的事情，我有意见能行吗？

随着加工的产品一批批到达工地，施工进度有了明显改观，当时局长开会时项目组保证的1993年6月30日完成合同全部安装任务，大家都在朝这一目标努力。正当一切按计划进行时，一场天大的灾难正在慢慢逼近巴格曼蒂项目，不祥的阴霾笼罩着11局项目组的全体施工技术人员！

和业主一起察看工程灾情

　　1993年7月18日，正当我和项目经理张定波总工一起要从加德满都赶往工地宣布由于工程已近尾声，有一部分人员可以先期回国之时，他们给我护照一看，好几个工人护照的签证都已过期。原本18日要去

察看工程灾情

工地的计划只能临时变更，张总照去，我留下来去移民局办理签证延期事宜。谁知当张总抵达工地后来电话告知工地下起了暴雨，而且一直下个不停。7月19日更是雷电、大风、暴雨一并袭来，工地上空的天像塌

察看工程灾情

下来一样。

夜幕降临，项目组内部似乎发生了意见分歧，一部分人随张定波进入中控室；另一部分人随一位经验丰富的老领导上了山，当时很难判断究竟哪个方案是正确的。然而中控室没过半夜，地基已被大水冲刷淘空，大楼在狂风暴雨中摇摇欲坠！上山的那部分人就在大雨中淋着，基本上也没有什么躲避的地方。灾难终于来了，中控室因承受不了尼泊尔50年未遇的强风暴雨，开始倒塌……半夜里，风声、雷声加闪电，中控楼的钢筋开始断裂，发出"崩崩崩"的声音。当时在场的幸存者事后告诉我，他们那时确实感到了死亡将要临头的那种恐惧！中控楼在7月20日清晨终于坍塌，一共有7位同志不幸遇难。项目经理张定波真是命大，他站在楼房门的雨板上，倒塌后他人随雨板拍打水面的力量竟把他拍到了岸边，因天已亮，尼泊尔人已聚在中控楼边，一见这种情况，马上把张总拽住拉上岸，总算幸免于难。真无愧为"定波"，这名字取

成立尼泊尔经理部

得多好啊！上山的同事后来也告诉我，他们所在的山坡没有发生泥石流，否则的话后果真的不堪设想哦！

灾难发生之后，我在第一时间向局里汇报并和尼泊尔政府联系，马上乘坐一架军用飞机飞赴灾难发生地，当项目组同志看见我时，一个个都紧紧地抱着我，放声痛哭，我也是泪流满面，代表局里、代表局长向他们表示慰问，请他们节哀保重！这次灾难，一次群亡7人，这在我们11工程局的历史上还是首次，因此工程局上下高度重视，段局长很快就启程来尼泊尔处理这次灾难性的突发事件。后来央视新闻联播节目播发了这条消息！

在段局长到尼泊尔之前，因为7月份尼泊尔天气炎热，7具尸体绝对不能再停放了，我决定马上在当地火化。我们按尼泊尔的风俗，在沿巴格曼蒂河岸，架起了7个火场木架，上面浇了汽油，分别安放7具尸体，我在现场举行了一个简短、肃穆的向遗体告别仪式，我们向7位遇难的同志深深地三鞠躬，向他们做最后的

我在经理部的宿舍

告别。然后尼泊尔民工拿了一根长长的木棍，点了火交给我，让我去点燃第一个火场支架，接下去都由他们完成，刹时间现场哭声一片。我们提前准备了7个骨灰盒，事后恭恭敬敬地安放妥7位难友的骨灰。

我在经理部的办公室

　　等段局长到了后，我向他讲述了灾难发生的全过程，同时汇报了工地灾情和灾情发生后的工程项目评估。局长听后果断表态：1、对于工程损失提出总体索赔；2、一定要得到修复工程；3、7位遇难同志的后事

喜马拉雅山雪山风光

由他带回三门峡后即刻处理；4、继续做好项目组同志们的安抚工作，根据需要可以安排部分同志先行回国。

我感到局长的几点意见和处理都很得当，因为在合同执行过程中，有不少事情是超出合同标书范围的，业主理应补偿给承包商，但这次自然灾害是属于不可抗拒的意外因素，当然经过我们努力，出于人道主义，业主多少也会有所表示。要拿到修复工程仍需要和业主、咨询工程师进行谈判，当然我们是原项目的承包商，这是有利条件，最后我们以110万美元拿到巴格曼蒂拦河闸的修复工程。至于第3条，我听说段局长回去以后在三门峡工程局内开了一个很隆重的追悼会，把这7位遇难的同志安葬在三门峡公墓内，大家内心得到了些许安慰。

1993年12月，为了进一步在尼泊尔拓展业务，中国水利水电工程总公司和11工程局联营，报请外经贸部批准在尼泊尔成立经理部。水电总公司的总经理就是后来水电部张基尧副部长。由他任命我为尼泊尔第

与尼泊尔水利局副局长、代理商谈巴格曼蒂修复工程

一任经理部经理，成立经理部由外经贸部批发下文。后来由于种种原因，我在这个岗位上只担任了一年的经理职务，经局长批准我，1994年11月4日结束在尼泊尔前后为期3年的工作，手里拿着31万美元的工程索赔

款确认书和几天前由业主颁发的总合同金额为110万美元的巴格曼蒂修复工程中标通知书，启程回国。

在尼泊尔经理部成立的一年里，我自己后悔的一件事就是没有在尼泊尔建立一个"钢结构维修加工厂"。经过市场调研和可行性分析，完全可以建立这么一个加工厂。在尼泊尔，山路和山谷较多，连接两个山谷的交通绝大部分都是钢结构桥梁，再说跨度不是很大，而且设计简单，材料普通，均为一些型钢，包括槽钢和角钢，况且原钢桥维修任务量很大。这些材料市场货源充足，如有困难去印度购买也很方便，要是时间衔接得好，由国内发运几箱集装箱也是可行的。再说这些钢结构桥梁的加工工艺简单，基本上全部是采用铆接和焊接，工艺技术我们的技术工人完全可以胜任。另外最重要的是项目启动资金不是很多，厂房租借一般的民房完全能满足要求，而且经过对尼方的税务、工商等部门了解，他们支持我们办加工厂，因为这对维护他们国家的桥梁交通安全是十分有利的。经过成本核算，启动资金约为10万美元左右，如果制作加维修业务开展顺利的话，那么一年半左右就可以收回成本。鉴于经理部是企业注外的常设机构，如果能办这样一个加工厂，经理部就可以在国外自己养活自己，这也是总公司要求经理部转型的具体内容之一。只可惜我在经理部只有一年时间，对该项目的考虑只是在可行性阶段，回国后我把可行性报告呈交总部，也就没有再管此事了。

回国前不久，正好遇上当时的国务院副总理兼外交部长钱其琛访问尼泊尔，我接到使馆通知，钱部长要接见各大公司驻尼泊尔的经理们，大家都很高兴。那天钱部长给我们做了一个非常详细、精彩的国际、国内形势报告，我们这些长期在国外的公司负责人都受到了一次很好的形势教育，回到经理部后还做了详细的传达。

此前，原全国政协主席李瑞环同志也到访过尼泊尔，并接见了在尼的各公司项目组成员。对于国家领导人的关心，我们内心充满着温暖和感激之情！

集装箱发运

玖 叶落归根回上海

　　前一章文中谈到，由于种种原因，我在尼泊尔经理部只工作了短短一年时间，主要有以下几点原因：

　　1、1993年12月我突然感到身体不适，经尼泊尔教学医院检查，我这种病叫心律不齐——早搏，然后住院进行治疗，估计是过度劳累引发所致，从那时候起

我去浙江租借的一条大功率的吹泥船

我听从医嘱正式戒烟。

2、成立经理部时，根据尼泊尔的实际情况，外经贸部批文规定的编制我有一个总体考虑。照理我是经理部经理，人员配置应该听取我的意见，但后来情况根本不是当初商量的，而且某些人自持有局长撑腰，就能为所欲为，甚至直接可以通天，向局长汇报，这叫我如何开展工作？

3、关于修复工程，最终的合同价是110万美元，一位负责工程的陈副局长认为价格太低，从国内直接给我打电话说："袁忠伟，你原来谈的不是这个价格，现在110万美元修复工程是要亏的，你能负这个责任吗？"我听了之后马上回答说："陈副局长，我很清楚我身上的责任，现在不管能拿到这个项目，还是拿不到这个项目，我都是有责任的。如果110万美元的合同不拿下来，马上就会失去这个项目，那我也是有责任的，而且责任更大！至于原来谈的什么价格我不清楚。"双方的谈话很不愉快。

4、至于修复工程的什么原来价格。直到1995年4月段局长找我了解在尼泊尔的代理费后，我才恍然大悟。1994年6月我在工程代理办公室和尼泊尔水利局副局长、代理和我3个人，私下商谈修复工程的议标价格问题，口头达成一项共识：如果修复工程的标价能达到300万美元，那么我同意支付10%的费用（30万美元）作为代理费，其中8%用于副局长一发尼方政府有关官员，代理费保持2%不变。后来修复工程为110万美元，所以上面的秘密商谈达成口头的共识也就不复存在了。现在陈副局长以为当时修复工程的谈判价格是300万美元，国外代理趁我回国向经理部索要10%的代理费，国外经理部还以为我在修复工程的代理费上有猫腻，做了什么手脚，拿到什么好处。所以我对段局长说明，那次私下商谈只是口头上的默契，并没有任何文字上的协议。我对段局长说如果需要，我可以把情况说明传真国外。段局长说不用了，你已经把问题说清楚了。

5、在外经贸部批文中，尼泊尔经理部的编制有7

个人，根据工作需要我设立了经理秘书一职，并由我爱人沈冷嫣来担任。因为当时已发现我有早搏毛病，身体不是最好，再说她也是学外语出身的，工作上对我会有所帮助，我把名单报回局里，也得到认可的。更何况此时我爱人已通过体检，办了护照签证，就等买机票来尼了。一天，局办突然通知我，说她暂时不来尼泊尔了。当时我实在想不通，她符合很多来尼工作的理由，为什么局长定了的事情可以再变更呢？后来我知道了事情真相。不过我现在想想当时没有成行真的还要感谢某些人！否则的话，如果我爱人真的去了尼泊尔，那么我将会失去回上海的绝佳机会！

6、1996年我儿子在华师大已经读二年级了，他告诉我，到1998年毕业时父母双方有一方是上海户口的，那么他就可以分配在上海工作，这也是促使我不再返回尼泊尔的重要原因。

7、在1994年11月4日，我最后一次从尼泊尔回国之前还发生过这样一件事情：1994年6月底左右，因为儿子考大学以及要填写志愿等问题，我征得局长同意临时回国休假。回国后我在北京向局里汇报了尼泊尔经理部近期的工作安排和有关项目谈判的进展情况后，于7月2日返回三门峡，在我还没有来得及询问儿子高考复习的情况下，当天下午突然接到电话要我到局里参加局务会议。会上局长说："刚接到尼泊尔经理部消息，加拿大咨询突然到访尼泊尔就巴格曼蒂修复工程要找你谈有关问题，事情紧急你必须马上返回尼泊尔。"会议上其他局领导同志也说了事关重大，你只有克服困难马上启程返尼。我知道这时候说什么也没有用了。晚上我匆忙给儿子做了些交代，一切只有靠他自己了。第二天局里车来接我时，我对儿子说："你好好考，爸爸将来和你上海见！"就这样，我到北京后买妥次日的机票返回尼泊尔。这种绝无仅有的事情居然都让我遇上了，有什么办法呢，弃小家顾大家，正反映了我们这一代人的思想觉悟啊！

　　鉴于上述这些原因，我根本不可能再回尼泊尔经

调离工程局与对外公司同志告别

调离工程局与局里同志告别

理部工作，段局长也认为我有情绪，就把我晾在一边整整一年时间。一年后既然局里不再用我，那么也无理由不再放我，我正式打报告要求调离自己为之奋斗了28年的三门峡工程局。

在这种情况下，段局长也只能在我的调动报告上批示："同意连同爱人一起调离。"当时具体操作我调离手续的新人事处长是我的一位学生，因此他很快给我办理调动的相关手续。

就这样，我直接拿了调动函回到上海，联系原来借调过我的上海水利电力对外公司。这个以往曾借调过我两年的单位，已不再需要我多介绍什么，马上同意接受我。吴美荣总经理告诉我，先通过正常渠道办理，如行不通，他愿意花10万美元在上海浦东给我买一个户口，这样我就愈加放心了。不久，我接到上海对外公司来电，让我马上去浦东人才交流中心面试。面试没有进行多长时间，主审就和气地冲我说："就这样吧，你回去等我通知。"约摸过了一个多星期，上海对外公司来电叫我去浦东人才交流中心办理手续，大大出乎我的意料，这次非但批准我工作调动，而且连户口也一并解决了。当时我的满怀感激难以言衷，遂问这位负责同志说，我不懂上海的规矩，我需要做些什么才能表达我的感激之情。这位负责我调动的干部对我说："你千万不要做什么，我们最希望为你们这些人做点事情，你们这批干部在外地几十年，苦头吃了，本领也学会了，正好回来给上海做贡献。"我当时听了真是百感交集，不知说什么好了，但我心里永远记住这位改变我命运的人——顾海。

我从打报告要求调动工作到拿到上海的户口迁移证，仅仅只花了3个月时间，这在11工程局引起了极大的轰动，我这位学生处长说："真没有想到你办得如此之快，11局办调动的一般光是工作调动，户口问题都是迟迟解决不了的。"

在一次送别会上，一位副局长对我说："袁忠伟，你真的是钻了一个空子，段局长今年退休，给你办了一件好事，要是当时换了任何一位副局长，是绝对不会放你走的，你想想工程局内高级工程师有几十人，而副译审只有你一人。"说起来也奇怪，当初我知道自己已被批准为副译审的消息，却是在一次出差上海分公司时才知晓的，我看到了能源部司局文件公布的副译审名单中有我。后来回局后才看到局里下发了确认我具备副译审专业职务任职资格的通知。1992年批准高级职称，这对我1996年调回上海实在是太重要了，如果没有高级职称，当时上海是不可能接受我的！顾海告诉我："你条件还可以，是我们浦东引进水电方面第一个技术人才"，也许正是这个原因，才有这个结果吧。

在我从尼泊尔回国之后，由于种种原因不再回尼泊尔经理部，段子印局长认为我闹情绪，把我晾在一边足足有一年时间，后来我工作调动成功，局里其他领导却认为这是段局长给我办了一件好事。我想领导上做事，有时确是很难猜测、颇为费解的。

不知道段局长晾我一年时间不安排工作是否有别

的意思而为之？细想过后，觉得局长以往待我的确不错。想当初，1988年那会儿找我谈话后。他是当着我的面打电话给局对外公司经理，说要派我去他那里当副手。从此，局里每次加工资我回回都不落空，甚至在仅有百分之三的指标下我也挤进。后来我的基本工资等同于1955年第一批来局工作的老同志，说明局长对我的工作是认可的。好像不至于为了当时我对尼泊尔的一些事情有不同意见，才导致不安排我工作吧！

另外有一件令我印象很深又不得不说的事情，就是在尼泊尔灾难发生后，整个项目组可想而知，陷入了一片混乱之中。项目经理张定浚死里逃生，但精神状态始终处于恍惚之中，其他幸存者同样也失去了往日的神形，大家只盼望着能早日回国，这种心情我是完全能够理解的。对我来说，心里暗暗告诫自己，在项目组遇到这么大灾难的困境下，我一定要坚持，要保持头脑冷静，决不能使项目组处于一盘散沙的地步。

当时，项目组有些领导同志也和下面成员有同一种思想，人都差一点要交待了，项目上剩下来的钱还放着做什么，赶快趁早用掉。那段时间财务上开销很大，我看在眼里，急在心里。记得灾难发生前，在一次向段局长汇报工作时，他曾明确告诉我，到一定时间我可以接替张定波担任项目经理，并安排张定波回国。当时张定波就坐在我旁边，他知道局长的意见。我考虑在目前情况下，我如能接替他的项目经理，对处理灾后事情应该是有利的。于是我向使馆经参处参赞汇报了此事，说明了事情的前因后果并得到了参赞的认可。

可能有不少读者会问我，你什么事情总是找经参处向参赞汇报，为什么不直接向局领导汇报？这里有一条组织原则，对外使馆经参处虽说只是一个处级单位，但他是主权国家的政府机构，不管你在国内职务多高多大，到了国外都要去经参处报到，向参赞汇报这次来到国外的意图和原因。国内有些干部位高权重，到国外后没有把经参处和参赞放在眼里，这就违反了组织原则，致使以后身在所在国，却发现自己工作很难开展。我想，既然经参处是领导，那么我向领导请示工作总不会有错吧。再说此时国内全局上下都忙着段局长来尼处理7位遇难同志的事情，我怎么可以再给局长添乱呢？

就这样，我召开项目组会议，说明了受灾后的种种情况，为了更好地安抚受惊吓的相关同志心情，我宣布成立临时灾情处理小组替代原项目组，由我任组长，下面有3位组员配合我的工作。自以为眼下灾难当头，我能以大局为重，勇挑重担。不料当局长来了以后，却把我狠狠地批评了一顿，说我不该在关键时刻解散了原项目组领导班子。我思想上想不通，灾难发生后项目组同志都是九死一生，精神上处于极度紧张、恐惧的状态，哪有什么心思来处理灾后事情。再说，我已经可以代表你局长监督、实施工程，我还在乎一个项目经理的头衔吗？我的目的是想收回财权，以保护项目组的财务能正常运作。可能领导有自己的考虑，但也有领导同志后来在一次小范围的沟通会上讲："根据袁忠伟的一贯工作作风，他不可能无缘无故突然宣布解散项目组的领导班子，肯定是有什么原因的。"但不管怎么讲，我在处理这件事上局长有意见，我就等着局长来处理我，同时我也做好了回国的准备。

在处理完一切灾难事务后，段局长回国前找我谈话说："这件事你有你的想法，但灾难发生后领导班子都有共同处理灾难的责任，不应该由你一个人来挑这个担子。给他们压任务也应该去完成，必须去完成。"原来局长还有这一层意思确实比我谋划得远，考虑得深，可能也是为了保护我。接下来他就给我布置在尼泊尔要成立经理部的任务，他说他过些日子将会和中国水利水电工程总公司副总经理一起再来尼泊尔宣布这件事情，这些当然是后话了。

根据以上种种分析，段局长不安排我的工作，是不是有意要成全我的工作调动还真的说不清楚了。如果确实有此原因，那我只有在此祝愿段局长在天堂一

1996 年调回上海全家在浦东团圆

切安好，感谢他多年来对我的悉心关照！听说段局长是在2003年因病不幸去世，我得知消息后心中难免有几分伤痛之感。

1996年8月8日，我终于名正言顺地回到了上海，自1968年4月离开，至1996年8月回归，整整28个年头，恰恰印证了我当时那句话："我这一走如要再回上海就不会那么容易了"。真的是多么的不容易，我们父子俩总算如愿以偿，兑现了当年曾说要在"上海见"的诺言！

1996年9月1日，我正式到上海水利电力对外公司上班，我心里很清楚，这是一个全新的征程，尽管以前工作过，那是以前，时过境迁、物是人非，一切都要从零开始。

真的是从零开始。当时对外公司还没有什么业务，只是有点总公司在国外项目的物资采购任务，我就承担了一些填写物资发运单工作。随着总公司业务的发展扩大，上海分公司让我接手项目物资发运任

在加纳考察道路工程

务。我调到上海对外公司后任工程部经理，这发运任务虽然和工程项目大相径庭，但至少还能沾上一点边。不过这项工作也是很细致的，绝不能疏忽大意，因为物资采购与国外工程关系密切，一旦有误，势必耽误国外工程的进度。我在一次发运大小集装箱二十多个的货物物资中，确保做到零差错。我一接到物资采购清单，立马在工程部内协商并分派任务去了解市场货源情况，然后再分类采购，尽量把工作做实、做细。别人眼里工程采购是一块肥肉，但我觉得肥瘦都是公司的，与你个人没有半毛钱关系。凡是经过我手签订的采购合同不管多少折扣率，明扣写进合同，暗扣则由对方交来的钱款我一律登记入账，最后由交款人、收款人和证明人3人签名，把这种容易"豁边"（犯错误）的事给它堵死，公司有个别人提出要把这些暗扣下来的钱在工程部内分掉，我明确回答他，公司领导没有交给我这个权利和义务。我在前文中已经指出，我这个人生来胆小怕事，这种事情毫不迟疑、坚决做到不越雷池半步！几年下来，我登记入册的回扣款就多达60多万元，如果你胆子大，拿了第一次，就会有侥幸心理，于是第二次、第三次……最后必然无法控制而坠落了犯罪深渊！我们公司就有这

在加纳考察道路工程

样的深刻教训。

在合同谈判过程中，我对政策的把握上始终有自己的底线，能做的做，不能做的坚决不做，不管你是谁。一次在与合作伙伴谈合同时，对方一定让我接受信

在加纳中水电公司承建的水厂（右一为李丽经理）

用证结算有关条款，对方合作伙伴是上海原某区区长的弟弟。我对信用证结算这种办法是熟悉的，因为我在工程结算中也一直碰到过。但是这次结算我要在对方通过三家银行周转后才能真正拿到款项，为此我去有关银行

原政协主席李瑞环接见在尼项目组成员

询问结算顺序，银行也表示有怀疑，担心有可能因周转顺序多而结算不到款项。我心里明白这次买卖很可能涉及到信用证诈骗，因此我向公司领导反映说这桩买卖不能做，不管他是谁，我要对公司的资金负责。

这件事被否定了，接着公司领导又给我布置了另一项任务，一定要与某合作单位联合采购澳大利亚一台印刷机，价格200多万美元（约合人民币1500万左右），而且前期要我们公司先付款，然后到一定时间他们公司资金能周转后再归还我公司。在我们公司内部，见到我的人都劝我不能接这个项目，因为合作的这家公司已经欠我公司大约有4 000多万人民币，越合作下去我们的亏损就越大！我马上在工程部内部进行项目分析和评估，经过多方了解，我感到只要我们把工作做实做细，此项目的风险还是可以控制规避的。当该项目设备进口时，我派两人出差到东北，严格看管进口设备和报关单、提货单，并关照他们绝对不能脱手，而且要用我方自租的仓库。与此同时，我自己出差甘肃兰州考察这家公司的担保单位，并查看他们签订的担保合同。总之，一切都在严格把控之下。后来我们把设备放行后，马上就叫他们进行设备安装和调试，而且尽快让他们投入生产，产生效益。当他们归还第一笔借款700万元时，我又赶到他们公司所在地

洽谈埃及度假村项目

长春，把支票复印后传真公司，让财务人员马上拿去
银行核对有什么问题，确认可以取款时我才放心返回
上海。就这样，我们一笔一笔地收回了全部借款。经
核算，这个项目我们公司赚了26万元人民币。

　　除了上述事情之外，在合同的招投标过程中，一
定要注意政策，千万不能做一些违法乱纪的事情。一次
在浙江宁海，我们上海水利电力对外公司去投一个项
目的标，当时参与投标的大约有8家公司。其中有一家
公司来找我商量，希望我公司能参加他们的陪标，即
让我公司故意抬高标价，把标的做得比他这家公司起
码要高出3%—5%的价格，以确保他这家公司中标。
我知道他商量的不止我们一家公司，肯定还有其他好
几家。这种陪标的方法我是熟悉的，在尼泊尔时就碰
到过。现在，宁海这家公司这样做，让我公司提高价
格，他给我们公司30万元人民币作为陪标费，我感
到是有问题的，因为没有正当理由，所以我拒绝了。
我对他们说："我们公司的效益很好，不在乎这30

埃及度假村项目工地现场

万元。"大约过了半年时间，宁海市公安局开着警车来到上海我们公司找我了解当时情况。我把事情经过详细说了一遍，并对公安同志讲："如有差错或是隐瞒，我愿意负法律责任。"后来我听说，参与陪标的公司，特别是拿了陪标费的个人，被当地公安抓了好几个现行。

1997年年底，在非洲苏丹有一个项目为了了解某一段路程的实际情况以便日后运输物资，中水电公司成立了一个考察组。因为将来物资是由上海供应的，所以上海对外公司吴总要我参加考察组，总公司已去人在阿联酋迪拜，等我到后再分赴目的地进行考察。1997年年底，我回上海后在浦东我弟弟为我临时租借的房子到期要归还，按浦东规划这一片要盖商品房——菊园社区。我在一边要出国，一边催我要搬家的双重压力下突发心律失常，早搏非常厉害。到北京检查后医生说："根据你现在的病情不适宜出国去非洲。"当时总公司水电处王处长也很关心我的身体，

为原上海市市长汪道涵同志当翻译

不让我出国，另外再安排人。已经决定的事情突然发生了变化，上海公司吴总多少对我是有意见的，但是为了身体，这次我实在是没有办法了。

出国暂时不去了，但全家住房还没有解决。当我急得没有办法的时候，真是"天无绝人之路"，我的一位年轻同事张宏钦对我说，他哥哥在浦东浦电路上有一间结婚新房已经装修，现在暂时不用闲置着，可以让我借住两年，而且知道我刚回上海确实有困难，每个月只象征性地收些房费，这真是帮了我的大忙，这份恩情我会永远铭记在心。小张自己身体也不是最好，我在万分感激之下一直默默地为他祈祷，祝愿他健康吉祥！

2000年4月，中水电公司在埃及赛德港有一个旅游房产项目，意欲转给上海对外公司和埃及当地一家公司成立联营并洽谈签约事宜，公司派一位副总去执行该项目，他是学财经的，吴美荣总经理要我去埃及半年，协助他把事情理顺，待项目正常运转后就回国。就这样，吴总、项目经理和我一行3人于4月9日启程，

在矣及金字塔前

取道土耳其赴埃及开罗。抵达开罗后马上联系合作者谈项目开展情况。通过谈判，了解到该项目的资金需要300万美元，均需我们上海公司来负担，启动资金为100万美元，如果后面资金跟不上，项目马上就要停工。再说，中国银行要出具银行贷款保函是有困难的。另外，我利用休息时间去了解了当地税务情况和旅游度假村房屋销售情况，结果均不甚理想，前者几乎没有什么优惠，缴税后我们的利润就会大幅缩水；后者原来已建成的度假村房屋还有许多空置房，证明其销售情况不妙，倘若我们再建成度假村，势必会陷入资金无法周转的困境。最后我们还访问了在埃及开罗多年的中远公司，该公司领导极力反对我们在埃及投资房地产，否则资金将有去无回。根据上述种种考察结果，吴总下决心不再投资，我们于2000年4月23日启程回国了。就在回国的当天下午，我们顺路参观了金字塔和狮身人面像。

2001年8月，吴总、总公司一位处长和我3人一起去

原有度假村空置房屋

加纳考察一个道路项目，对方好像对我方提供的方案不怎么感兴趣，再加上资金缺口太大，结果也没有谈成就匆匆回国。从那以后我再也没有出过国，加纳成了我最后一次国外之行。2002年5月，在加纳接待过我们的一

陪同加纳客人在上海参观垃圾处理厂

位项目工程师,带着他的儿子来我们上海考察垃圾处理
厂,这也是我退休前在国内接待的最后一批外国朋友。

在加纳,我有机会到达了被称为大西洋的黄金海
岸旅游胜地,这里盛产大小龙虾,就在海岸边上的一

品尝小龙虾的美味

家具有田园风光的农舍里，我们有滋有味地品尝着刚刚捕捉到的小龙虾。因为大家都说：'到了加纳如果不品尝活的龙虾滋味，那么就等于没有到过加纳！'我看着吴总他们津津有味地剥着龙虾大快朵颐的样

大西洋的小龙虾

子，也壮着胆子手拿一只活剥的小龙虾，蘸了些调料就送进了口中，我刚咬了一口就听到小龙虾"吱"的一声，吓得我把小龙虾一下子扔到了地上，任凭吴总他们再说如何好，我坚决不再品尝了。但红通通煮熟

加纳奴隶堡运送奴隶的水泥滑道

的小龙虾拌着各种调料，味道的确异常鲜美。

在加纳，我没有想到还能参观到一个旧世纪的奴隶堡，这个城堡范围不算太大，沿大西洋海岸而建，城堡上有炮台，火炮肯定是用来对付要逃跑的奴隶。城堡四周陡峭，关奴隶的房屋阴暗潮湿，最可怜的是要把奴隶运出去的时候通过一个狭小的出口，外面是一条水泥滑道大约有20米长，奴隶就被扔到这滑道上直接运送到等在外面的船上，我看见出口处有这样一块木牌："SLAVE EXIT TO WAITING BOATS"，这城堡就是当时贵族们贩卖奴隶的罪证。

我在上海水利电力对外公司最后执行的两个工程项目为：南汇滩涂围海造田项目；长兴岛围海造田项目和新开港两侧堤加固工程。在南汇，当时因吹泥船只迟迟解决不了，使工程进度严重滞后，为了把进度赶上去，公司派我进驻项目，加强领导班子力量。这已经不是我第一次扮演这样的角色了，所以在公司大家有时候开玩笑地都戏称我为"救火队长"，后来我专门到浙江洽谈，成功租借了一艘有较大功率的吹泥船，为工地赶进度起到了一定作用。最后这个项目，在大家共同努力下总算顺利完成了。

长兴岛围海造田项目是我2005年年底接手的，该项目原由私人承包，只因中途项目经理因车祸遇难，使项目陷于极端困难和复杂的境地，公司和家属之间的经济纠纷，实可谓"搞不清、理还乱"。我真是经历了千辛万苦才把工程搞完，并在此基础上不仅完成了工程总体结算，同时还完成了更加困难的全部竣工资料！这是我经历的难度最大的一个工程项目。不过欣慰的是，当时就听说这里围海造田的范围就是准备用来造国产航母的基地。果然，大连是01号国产航母生产地；上海长兴岛就是02号国产航母生产地，所以值得骄傲的是，我也为之贡献过自己的绵薄之力！

后来，公司领导又考虑在长兴岛另一个附加项目即长兴岛新开港两侧堤加固工程，希望我能接下来承包完成，如能得到业主验收小组的工程合格意见书，吴总将一次性奖励我10万元人民币，说实在，这是我第一次能有机会得到如此优厚的待遇。我经过4个月的努力，圆满完成了加固工程，并拿到了业主的验收合格意见书。意见书上是这样写的："……新开港两侧堤加固工程已按设计施工图要求完成实物工程量，工程质量符合设计要求，质保资料基本齐全，工程观质量良好，同意初步验收。"

以上两个项目通过和业主的最终决算总共为公司盈利320万元人民币。正当我以为可以去兑现我的奖励时，我们上海对外公司领导班子因涉嫌经济问题而接受审查，所以我的10万元奖金也就不了了之。后来我听说吴总的主要罪行就是私分了上面两个项目的大部分盈利款和侵吞国有资产。

我是在2001年从加纳回国后被吴总任命为总经理助理的，但尚未进入领导班子。吴总私分长兴岛两个项目盈利款后，上海检察院来公司问过我有关情况，他们问："当时你在长兴岛是否知道还有其他项目？"我

原国务院副总理兼外交部长钱其琛接见驻尼泊尔各大公司经理

回答说："当时没有其他项目，如有项目我应该知道的。"他们接着问："那么为什么你们公司领导说用这盈利款去支付长兴岛另外一个项目的工程款？" 因为当时这些事情时间间隔不是很长，很好回忆。我告诉他们："公司一位具体办事的同志当时拿了一张表请我签字，说是为了避免这些盈利款在账上显示出来给家属知道后引起纠纷，暂时转到长兴岛另外一个名义上的项目。现在怎么变成去支付工程款项，我真的不知道。"其实，检察院同志早已摸清了情况，只是到我这里再核实一下而已。吴美荣总经理是一个非常聪明的人，怎么在这件事情上会糊涂到如此地步？你说支付工程款，那么合同呢？工程地点又在什么地方呢？真正是：机关算尽，反误了自己性命。

　　我和吴总是同龄人，我比他大4天，我是看着他一步步走向犯错的道路，吴总发展到后来只知道自己敛财，根本不考虑全公司职工的切身利益。在1998年期间，总公司因业务有所发展效益较好，给北京公司职工每人发了一套住房，同时也同意上海分公司可按此原则办理，结果吴总没有兑现。后来，总公司陆总来上海时又给上海公司一条原则，职工可按级别分档，享受不同级别的房配待遇，吴总虽然已通知一位副总起草分配方案，但最后还是石沉大海。在他思想深处，钱发给大家买房子他们要支配的钱不就少了吗？这是他最亲近的一位副总后来与职工闲谈时暴露的思想。事实也正如此，就是在这段时间，他们两每人买了好几套房子，还动用公司的人力去给他们的房子装修。他把公司的资金看成自己的私人银行，怎么会不犯错误呢？虽如此，但是我并没有不管不问，相反我大胆地当面拒绝他做有些项目，甚至顾不得是否会得罪他！我和公司另一位老同事，也是他的同学，曾多次劝解于他，一定要小心谨慎。我们谈我们的看法，就是在提醒他，有些事情若发展下去的严重性，后来发现我们的忠告也无济于事了。我之所以这样做，因为吴总对我有恩，是他在关键时刻接纳了我，把我调回上海的。我希望他平安！现在我打听到他已从北京的监狱调到了上海"周浦老弱病残监狱"，在周浦镇再下去约200多米的地方，就在沪南公路上。又听说他已从无期改判为20年，估计他这下半辈子就只能在铁窗里度过了，纵然是他咎由自取，但我还是想去看看他，当面再次谢谢他！

我是2004年11月正式办理退休手续的，但当时吴美荣总经理说要返聘我，再跟着他干3年，我答应了，谁知道3年干下来公司会是这样的局面，真是令人痛心！完成了上述两个工程项目后，我对新来的公司总经理讲，过年后我就不来上班了，正式退休。

就这样，我离开了奋斗几十年的翻译工作岗位，回想过往的情景，心里依然有几多不舍、几许留恋！

跋 风云长遣动心魂

　　从我大学毕业后的工作经历来看，基本上可以概括为3个三年、3个十年。其中工地劳动锻炼、伊拉克摩苏尔水坝钢管项目、尼泊尔巴格曼蒂拦河闸工程各三年；工程局中学教书、重返三门峡11局投标水口电站到调回上海、以及调回上海工作直至退休各十年；当然还有不到一年时间的非洲博茨瓦纳之行。

40年风雨兼程的努力，阐述了我一生的工作经历，真是风云浩荡，长遭心魂！一切都还记忆犹新、历历在目。我想趁自己现在脑力尚好使，就赶紧俯首疾书，记录下我尘封了多年的过往。

40年的工作历程，我虽然没有什么惊天动地的作为，自己想想倒也并非碌碌无为而虚度光阴，这样也就对得起生我养我的父母，抑或能给子孙后代留下些什么了。我以为，无论时代如何变迁，努力体现自身价值，恐怕是永远不会错的。

现在我已退休赋闲在家，平时抱包孙辈、打打桥牌、养养花、练练字，生活过得倒也十分安逸、舒适。这几天我养的一株桂花树开了二度桂，香气四溢、芬芳郁浓，一年四季的辛劳，浇水、培土、施肥、拔草，临了总算给了我赏心悦目的回报。为此，我更坚信一个道理：世间万事，要想成功，一切尽在不断的努力之中！《易经》里的那句话："天行健，君子以自强不息"，不就是这个道理吗？

这本书写到这里，基本上也该搁笔了，回头再看看自己40年来的工作经历，心中真是感慨万千。在我们水电系统里，像我这样能安心执着，不管风云如何变幻而能坚守住这片净土者，在我们公司圈内也是屈指可数的。1998年7月，水利部表彰连续在水电事业工作30年的同志颁发奖状和金质奖章时，包括吴美荣总经理在内，本公司总共只有3人，这也是我，引以为豪的一桩事，因为那毕竟是我人生价值的体现。

对于高级职称的评定，则更不需要有什么刻意的造作，一切都是现成的中译英或英译中。10多年来几十万字的翻译有厚厚几大本，包括招标文件、技术资料、谈判纪要、传真函件等等。在调回上海时，顾海同志就是一边翻着我的这些资料，一边笑着对我说："你条件还不错。"后来，局办告诉我高级职称评委是全票通过了我的申请，这同样令我倍感宽慰，因为那毕竟是对我工作能力的肯定。

我在水电单位连续工作40年很少调动，就是调回上海对外公司也还是没离开水电系统。因此只有这一次调动有11局的鉴定，虽然当初调离时有些不愉快，但这份鉴定还是如实地反映了我一生中最长阶段的工作状况。鉴定上是这样写的："……该司志具有丰富的国内外水电工程施工与管理经验，专业理论基础扎实，具有较高的专业知识与丰富的实践经验，现为我局高级专业技术骨干。多年来一直担任部门的副处长、处长等职，具有较高的组织能力与管理能力。他在多次长期出国执行劳务、承包合同及招揽工程项目中，能严守外事纪律，为我局和国家赢得荣誉。"我也很在意这一张纸上的文字，因为那毕竟又是对我几十年来所做出的努力给予了精神上的安慰。

　　最后，在这本书即将付梓问世的前夕，我要向我的两位老同学、好朋友致以诚挚的谢意，是他们的鼓励和赞扬，让我克服了诚惶诚恐的自卑，才有了跃跃欲试要出一本书的冲动，这必将成为我后半生中最难忘的记忆。

治方，我高中的同班同学。当过兵的他1965年退伍，考入上戏舞美系攻读设计绘景专业，毕业后去人民大舞台画海报达12年，继而调往每周广播电视报任美编，直至退休。因各自经历所致，一度与之失去联系的我，后来是通过他发表在新民晚报"夜光杯"上那些令我阅之心情舒畅，思之感慨良多的文章才找到他的。受其影响，我也渐渐喜欢舞文弄墨，共同的爱好让我们成为知己。这次拙作出版过程中，治方兄忙前忙后，帮着梳理文稿，外加落实书号……我是既感谢又无奈，心中只能安慰自己，就让能者多劳吧。尤其值得一提的是，今番由他特邀书法家何高潮先生题写书名，令此帧秀丽中藏奇崛，端庄中寓豪放的墨宝，倏然为本书平添了几分赏心悦目的亮色。

慰曾，和治方一样，也是我高中的同班同学。毕业后他考上华师大中文系，我考入上外英语系，后来再也未曾碰到过。这位当年班里的语文课代表，语文水平就有点出人头地。他大学毕业后在大同煤矿一隅从教四十八载，系北岳职业技术学院副教授、中国作家协会山西分会会员，长期从事文化教育工作，论著颇丰。当治方把我这本书介绍给他并请他作"序"时，他欣然允之。慰曾才高八斗在我们同学中是有口皆碑的，此番能抽出时间为我的拙作写"序"，委实令我受宠若惊。感激之情难以言表。

我在这本书里写了这么许多往事，并非表明自己一直沉迷于已有的成绩而沾沾自喜。我的初衷是要写清楚每一件事情的来龙去脉与前因后果，使读者有一条较为清晰的阅读思路才不得已而为之。姑且敬请诸君笑阅。虽说写下此回忆录，疑是对自己过往的些许眷恋，但我终究以为，一个幸福人生的三种姿态理应"对过去要淡；对现在要惜；对未来要信！"

这真是：惊回首，忆过往历史，看淡人生不易；视今朝，惜眼下幸福，瞻望夕阳无限！

2006年11月于上海

图书在版编目（CIP）数据

风雨兼程四十年 / 袁忠伟著. -- 上海：文汇出版社，
2017.7

ISBN 978-7-5496-2231-3

Ⅰ.①风... Ⅱ.①袁... Ⅲ.①回忆录—中国—当代

Ⅳ.①I25

中国版本图书馆CIP数据核字(2017)第170113号

图书在版编目（CIP）数据

风雨兼程四十年

——我的翻译人生

作　　者 / 袁忠伟
封面题字 / 何高潮
责任编辑 / 甘　棠
装帧设计 / 益　平

出 版 人 / 桂国强

出版发行 / 文匯出版社
　　　　　上海市威海路755号（邮政编码200041）
经　　销 / 全国新华书店
印刷装订 / 上海盛隆印务有限公司
版　　次 / 2017年8月第1版
印　　次 / 2017年8月第1次印刷
开　　本 / 787×1092　1/16
字　　数 / 100千
印　　张 / 12

书　　号 / ISBN 978-7-5496-2231-3
定　　价 / 68.00元